एक थी मिट्ठू की जस्सी

सच्ची प्रेम कहानी पर आधारित

जुपिंदरजीत सिंह

युवा हिंदी
Zip Zap Books

प्रकाशक : **युवा हिंदी**
भवन संख्या 2/42 (दूसरी मंजिल), अंसारी रोड, दरियागंज, नई दिल्ली–110002
सर्वाधिकार : सुरक्षित / संस्करण : 2025 / मूल्य : तीन सौ रुपए
मुद्रक : आर–टेक ऑफसेट प्रिंटर्स, दिल्ली अनुवाद : चेतन ठाकुर

EK THI MITTHU KI JASSI *by* Shri Jupinderjit Singh ₹ 300.00
Published by **YUVA HINDI**
An imprint of **Namaskar Books**
Building No. 2/42 (Second Floor), Ansari Road, Daryaganj, New Delhi-2
ISBN 978-93-94871-51-9

एक थी
मिट्ठू की जस्सी

अनुवादकीय

इस कहानी को आपके हाथों में पहुँचने तक 22 साल लग गए। जुपिंदर को इसे सहेजने में भी और मिट्ठू को इसे जीने में भी। इस कहानी ने मिट्ठू को कितना रुलाया···कितना तड़पाया होगा, यह तो उसका दिल और उसका ईश्वर ही जानता है, मगर इस कहानी का हिंदी अनुवाद करते-करते मेरी आत्मा भी रो पड़ी। यकीन मानिए, आपकी भी रो पड़ेगी। आँसुओं की गरमाहट आप भी अपने चेहरों पर कुछ पलों के लिए ही सही, महसूस जरूर करेंगे। यकीन यह भी मानिए कि इस कहानी को आप पढ़ेंगे ही नहीं, बल्कि इसे जिएँगे भी। कुछ पलों के लिए या कुछ समय के लिए ही सही, मगर जिएँगे जरूर। बस इतना ही काफी है। इन पलों के लिए ही तो मिट्ठू ने अपनी जिंदगी के बेहतरीन 22 साल दिए हैं! अपनी ढेरों जिंदा कुरबानियाँ दी हैं। अपनी जस्सी की जिंदगी और अपने परिवार के सुकून की बलि दी है। अपना पूरा वजूद दिया है।

मगर शायद उन पत्थरदिल सीनों को भी यह कहानी छू सकेगी, कह पाना मुश्किल है। जिन दरिंदों ने अपनी फूल-सी बेटी को मारने से पहले हत्यारों को उसकी अस्मत तक लूटने के आदेश दिए हों, उनसे भला दया, तरस या पश्चाताप की उम्मीद कैसे की जा सकती है? माँ की क्रूरता की हजारों कहानियाँ इतिहास में दर्ज हैं। इस कहानी के खलनायक सुरजीत बदेशा और खलनायिका मलकीत कौर ने समूची मानवता को

शर्मसार किया है। जो दरिंदा अपनी सगी भांजी की अस्मत और जिंदगी का सौदा करवा सकता है, उसके लिए किसी गैर की जिंदगी की हैसियत ही क्या हो सकती है? अपने जिगर के टुकड़े को अपने खून से सींचने वाली एक माँ अगर अपनी कोख को ही उजाड़ सकती है, तो किसी और की खुशियाँ उसके लिए क्या मायने रख सकती हैं? कानून की हिफाजत करने वाला ही सब-इंस्पेक्टर जोगिंदर सिंह जैसा पुलिस वाला जब किसी बेसहारा अबला का खून करवा सकता है, तो पुलिस की वरदी पर कोई भरोसा कैसे कर सकता है?

बात यहीं तक सीमित होती, तो भी गनीमत थी। मगर मानवाधिकारों का नारा बुलंद करने वाली भारत सरकार, पंजाब सरकार, भारतीय न्यायपालिका और वर्ल्ड क्लास जस्टिस सिस्टम का दावा करने वाली कनाडा सरकार और ज्युडिशियल सिस्टम ने जो किया, उसे तो कम-से-कम किसी भी सूरत में माफ नहीं किया जा सकता। किया जाना भी नहीं चाहिए। आखिर किस कानून पर भरोसा करे कोई? गुजरे 22 बरसों ने दोनों देशों की जनता ने इनसाफ को दम तोड़ते देखा है। इनसानियत को घुट-घुटकर मरते देखा है। सच्चाई को जुल्मों-सितम सहते देखा है। मिट्ठू और उसके परिवार को सबकुछ मिला, मगर न्याय नहीं मिला।

सोचने की बात मानवाधिकारों के नाम पर दूसरे देशों के तथाकथित राजनीतिक शरणार्थियों को शरण देने वाले देशों के लिए भी है। अपने देशों में मानवता का खून बहाकर दूसरे देशों में राजनीतिक शरण माँगने वाले जब अपनी मातृभूमि को ही दागदार कर सकते हैं, तो शरण देने वाले देशों को बरबाद करने में उन्हें कितना वक्त लग सकता है? ऐसे अपराधियों का मकसद अपना काम निकलवाने के अलावा और कुछ हो ही नहीं सकता। ऐसे शरणार्थियों को शरण देने का सीधा सा अर्थ है, दूसरे देशों के अपराधियों को संरक्षण देना। यही कनाडा सरकार ने किया है और यही काम मानवाधिकारों के नाम पर राजनीतिक शरण

माँगने वालों की आवभगत करने वाले दूसरे देश कर रहे हैं। मगर यह भूल रहे हैं, वे उनकी जान नहीं बचा रहे, बल्कि अपने देश में सँपोले पाल रहे हैं। कौन बता सकता है कि समय आने पर यही साँप उनके गले की फाँस नहीं बन जाएँगे? सभी जानते हैं, ऐसे ही कथित शरणार्थियों की बदौलत उनके अपने देशों में 'घृणा हत्या' जैसे अपराधों की तादाद दिनोदिन बढ़ रही है।

यह कहानी सिर्फ दो देशों के चरमराते न्यायिक सिस्टम की पोल खोलने के लिए ही नहीं है, बल्कि संयुक्त राष्ट्र संगठन यानी यूएनओ की आँखें खोलने के लिए भी है। आखिर कहाँ हैं संसार के मानवाधिकारों के पैरोकार? कहाँ है उनकी मानवतावादी सोच? सोचना आप-हम सभी को है। सोचना इसलिए भी जरूरी है कि आप और हम भी इस देश का, इसी संसार का हिस्सा हैं। हमसे ही प्रदेश, देश और फिर संसार बनते हैं।

आइए, परम पिता परमेश्वर से प्रार्थना करें कि वह कनाडा और भारत सरकारों का मार्गदर्शन करे। मिट्ठू ने अपनी कहानी जी ली। जुपिंदर ने इसे पन्नों पर उतार भी दिया। दोनों ने अपना-अपना फर्ज अदा कर दिया। मगर आपका फर्ज अभी बाकी है। अब इनसाफ आपको करना है। आप-हम सब अपनी जिम्मेदारी से मुँह नहीं मोड़ सकते। याद रखिए, जवाबदेही हम सभी की है।

—चेतन ठाकुर

अनुवादक/संपादक

प्रस्तावना

जुपिंदरजीत सिंह की मिट्ठू और जस्सी की यह कहानी महज एक आपराधिक घटना नहीं है। हमारे समाज की भयावह सच्चाई पर आधारित यह कहानी भारत में एक कनाडाई लड़की के साथ छेड़छाड़ और निर्मम हत्या की क्रूर तसवीर है।

यह पुस्तक अत्यंत सरलता के साथ-साथ गहराई से लिखी गई है। यह क्रूरता और अतुलनीय साहस और परेशान करने वाली कहानी की कड़ियों को खोलती है। यह सच्ची कहानी एक ऐसा चरम उदाहरण है, जहाँ लोगों पर उनके जीवन के अधिकार की कीमत पर सामुदायिक मूल्य लगाए जाते हैं।

'ऑनर किलिंग' विशेष रूप से मानवाधिकारों के अलावा एक ऐसा लैंगिक मुद्दा है, जो इन समान अपराधों का आधार है, जहाँ महिलाएँ इस सोच का प्रत्यक्ष शिकार होती हैं। कई परिवारों का भूतकाल आज भी उसी गली-सड़ी विचारधारा पर आधारित है, जो अपनी तथाकथित संस्कृति, परंपरा, रीति-रिवाज और धर्म के नाम पर घोर पाप करते हैं। परिवार की झूठी शानो-शौकत और इज्जत बचाने के लिए बच्चियों की बेरहमी से हत्या करते हैं।

दरअसल, इस तरह की 'ऑनर किलिंग' मुख्य रूप से पितृसत्तात्मक मानसिकता का ही परिणाम होती हैं। निर्विवाद रूप से सबूतों की कमी और पुलिस की लीपापोती अपराधियों को बचा लेती है। हालाँकि ऑनर

किलिंग के ज्यादातर मामलों में कई अपराधियों (अपराध में शामिल माताओं सहित परिवार के करीबी सदस्य) में से एक या दो को कानून के सामने हीरो की तरह पेश कर दिया जाता है।

ऑनर किलिंग पर संयुक्त राष्ट्र की एक रिपोर्ट भी यही कहती है।

सम्मान को आमतौर पर सिर्फ और सिर्फ महिलाओं के शरीर के रूप में देखा जाता है। सम्मान की रूपरेखा का आकलन महिलाओं पर अंकुश और पुरुषों की जन्मजात मुखर आंदोलनकारी स्वतंत्रता के आधार पर किया जाता है।

प्यार में पड़ने वाली महिलाओं को विवाहेत्तर संबंधों, तलाक और पतियों के चुनाव तथा सामाजिक रूप से स्वीकृत आक्रामक और अमानुषिक यौन व्यवहार की आजादी के उल्लंघन के रूप में देखा जाता है।

इसके जवाब में भयानक प्रत्यक्ष हिंसा भी शामिल हो सकती है। इसमें सम्मान भी एक है और चरम मामलों में हत्या। इन संदर्भों में महिलाओं और लड़कियों के अपने जीवन को नियंत्रित करने के अधिकार, स्वतंत्रता और अभिव्यक्ति की आजादी आदि का कोई मतलब नहीं होता।

यह कहानी ऑनर किलिंग मामले में न्याय के लिए कार्रवाई और एक जघन्य परंपरा को समाप्त करने के प्रति आह्वान है। एक इनसान कैसे गायब हो जाता है या कर दिया जाता है, उससे जैसे किसी को कोई सरोकार नहीं है…कहाँ है कानून…कहाँ है न्याय… ?

—डॉ. पुनीत कौर ग्रेवाल

पी–एच.डी.

लेखिका (ऑनर किलिंग फॉर ऑनर एंड कल्चर ऑफ साइलेंस)

पुस्तक परिचय

दो दशक पहले मैं पहली बार सुखविंदर सिंह, यानी मिट्ठू से उसके दो कमरों के, बिना प्लास्टर वाले घर की चाहरदीवारी के पास मिला था। घर की छत खास मजबूत नहीं थी और शौचालय दूर कोने में था। उसने मुझे जस्सी से प्यार हो जाने और उसकी निर्मम हत्या के बारे में बताया था। तब मेरे मन में इस दंपती के प्रति सहानुभूति और दोषियों के प्रति क्रोध उपजा था। मेरे दिल को गहरी पीड़ा दी थी। मिट्ठू ने थोड़े समय के लिए अपनी प्रेमिका की बाँहों में स्वर्ग का अनुभव किया, और फिर उसकी नृशंस हत्या पर नरक। वह एक जीवित लाश से ज्यादा नहीं था। हर दिन-पर-दिन वह सूख रहा है।

अपनी मीठी और दुःखद यादों को याद करते हुए जब वह रोया-चिल्लाया, तब यकीन करें, मैं भी अपने आँसू नहीं रोक सका। मैं मिट्ठू की मदद करना चाहता था और तब अजीब तरह से मुझे लगा कि जैसे जस्सी भी अदृश्य रूप से मेरा समर्थन कर रही थी! मैं आरोपी को दुनिया के सामने बेनकाब करना चाहता हूँ।

मुझे हैरानी होती है कि जब मिट्ठू और जस्सी रो रहे थे, भगवान् और मानवता को पुकार रहे थे, तब भी वे हत्यारे उन्हें मार कैसे रहे थे··· ? तब उनके मन में दया, करुणा, तरस कुछ क्यों नहीं था? कैसे कसाई मन थे··· ?

जब उन्होंने मिट्ठू को मरा समझकर खेतों में फेंक दिया और उससे

हमेशा के लिए उसकी जस्सी को छीन लिया, तब भी क्या उन्होंने अपने पाप के बारे में नहीं सोचा होगा? चंद हजार के नोट ही क्या उन्हें जानवर बनाने के लिए काफी थे?

लेकिन इन सबसे ऊपर, मैं जस्सी के कनाडा में रहने वाले पिता और भाई से उनकी मौन स्वीकृति के लिए पूछना चाहता हूँ। शायद वही ऐसे लोग थे, जो जस्सी की माँ को समय पर रोकने या जस्सी और मिट्ठू को सतर्क कर सकते थे, या फिर इस अन्याय को उनका मौन समर्थन था··· ? वे अपनी चुप्पी कब तोड़ेंगे··· ? वे अभी भी चुप क्यों हैं··· ?

मैं मिट्ठू की मदद करने वाला कोई हरक्यूलिस नहीं हूँ। लेकिन मेरे पास कलम की ताकत और पत्रकार का प्रभाव है और मैंने इसी का इस्तेमाल किया। दरवाजे खुलने लगे। मिट्ठू को अकेला समझने वाली पंजाब पुलिस ने महसूस किया कि कोई उसका समर्थन कर रहा है। इसके बाद तो मेरे अलावा पंजाब, दिल्ली और कनाडा के कई पत्रकार मिट्ठू के साथ आ खड़े हुए थे।

इसके बावजूद हम उसके साथ हुए अनर्थ को नहीं रोक सके। मिट्ठू को रेप के झूठे केस में फँसाकर जेल भेज दिया गया। एक बेगुनाह प्रेमी होने के बावजूद उसने तीन साल नरक में गुजारे। उसने जस्सी से प्यार करने की बहुत बड़ी कीमत चुकाई। जस्सी एक सपने का पीछा करते-करते हुए इस जहान से चली गई। वह एक आजाद पंछी थी और कोई भी उसके पंख नहीं काट सकता था। वह और मिट्ठू हजारों मील दूर पैदा हुए थे और पूरी तरह विपरीत परिस्थितियों में पले-बढ़े थे। लेकिन जब उन्होंने अपने बीच महाद्वीपों की खाई को कम करने की कोशिश की, तो वे संकीर्ण सोच वाले लोगों को अपना नहीं बना सके।

उन्होंने अपने सैकड़ों प्रेम-पत्रों में अपना सुख-दुःख साझा किया। अपनी इस किताब और कनाडा के दर्शकों के लिए उन पत्रों का अंग्रेजी में अनुवाद करते हुए मैंने जस्सी की बेगुनाही पर आँसू बहाए हैं। मैं

जस्सी के प्रेम-पत्रों में उसके हाथों से बनाई गई कोमल पंखुड़ियों पर उन गुलाबों के चित्रों को देख सकता हूँ। उसने कामदेव के बाण से दिल में छेद कर दिया। उसने कभी सपने में भी नहीं सोचा होगा कि एक दिन उसका अपना दिल खून से लथपथ होगा और उसकी मदद के लिए कोई नहीं आएगा। उसने यह भी कभी नहीं सोचा होगा कि उसका मिट्ठू पूरी दुनिया से लड़ने और एकाकी उजाड़ जीवन जीने के लिए अकेला रह जाएगा!

मुझे पूरा यकीन है कि यह पुस्तक भविष्य में होने वाली ऑनर किलिंग को रोकने में मददगार साबित होगी। लेकिन दुर्भाग्य से ऐसी सैकड़ों हत्याएँ भारत में हो रही हैं। उस देश में हो रही हैं, जिसने समूची दुनिया को प्यार करना सिखाया।

मैं अपनी पत्नी कंचन वासदेव (वरिष्ठ सहायक संपादक 'द इंडियन एक्सप्रेस') का दिल से आभारी हूँ, जिन्होंने मुझे इस इतिहास को सँजोने में मेरी मदद की और मुझे इसके लिए समय और स्थान दिया। मेरी मित्र लेखिका सोनिया चौहान ने पुस्तक के लेखन और संपादन में मेरी बहुत मदद की है।

मेरी तरह वे भी जस्सी और मिट्ठू के लिए न्याय की प्रार्थना करते हैं।

अनुक्रम

1

प्रत्यर्पण

17 सितंबर, 2017

एसपी के.डी. कौर को उड़ान से कभी भी कोई परहेज नहीं था। एयरोफोबिया यानी हवाई सफर का डर···किसी तरह की कोई चिंता··· तनाव या पेट को परेशान करने वाला वह एहसास···! नहीं···ऐसा भी कुछ नहीं था। इससे पहले उन्होंने कभी भी, किसी इस तरह का भय, आशंका या घबराहट भी महसूस नहीं की थी।

फ्लाइट के दौरान जब उन्होंने सहमे-से यात्रियों को अपनी हथेलियाँ घुमाते या मंत्रों का जाप करते देखा, तो उनके होंठों पर मुसकराहट तैर गई। वे बहुत ज्यादा यात्राएँ करने का दावा नहीं करतीं, मगर उनके पास हवाई यात्राओं का व्यापक अनुभव था।

पाँच फीट आठ इंच, गोरा रंग और चमकदार आँखों वाली के.डी. में आत्म-विश्वास इसलिए भी था कि वे एक आईपीएस अफसर थीं। कड़ी ट्रेनिंग और खाकी वरदी से मिले आत्मविश्वास और स्वाभिमान ने उनकी जिंदगी की उड़ान के भय और कमजोरी को बहुत पीछे छोड़ दिया था।

लेकिन आज बात कुछ अलग थी। टोरंटो-नई दिल्ली बोइंग 777 के 342 सीटर विमान की सीट पर बैठी केडी को शायद अपने जीवन में पहली बार बेचैनी जरूर महसूस हो रही थी।

उनकी सीट विमान की बाईं कतार में अंदर की तरफ थी। अपनी बगल में खिड़की की तरफ बैठे दो विशेष यात्रियों को देखने के लिए उन्होंने अपनी गरदन घुमाई। खासतौर पर दोनों की कलाइयों पर बँधी हथकड़ियों को गौर से देखा। वे पूरी तरह आश्वस्त हो जाना चाहती थीं। इन दो लोगों की वजह से ही वे तनाव में थीं और उनकी यह चिंता जायज भी थी।

इसके साथ ही उन्होंने विमान की बीच वाली कतार में बैठे अपने डीएसपी और इंस्पेक्टर पर उड़ती-सी नजर डाली। तीनों के बीच आँखों-आँखों में बात हुई। सब ठीक था। डीएसपी उम्र में केडी से भले ही 12 साल बड़े थे, मगर ओहदे में उनसे छोटे थे।

इसके साथ ही उन्होंने विमान की बीच वाली कतार में बैठे अपने डीएसपी और इंस्पेक्टर पर उड़ती-सी नजर डाली। तीनों के बीच आँखों-आँखों में बात हुई। सब ठीक था। डीएसपी उम्र में केडी से भले ही 12 साल बड़े थे, मगर ओहदे में उनसे छोटे थे। जबकि इंस्पेक्टर उम्र में पाँच साल बड़े और ओहदे में दो रैंक छोटे थे।

आज 66 वर्षीय मलकीत कौर और उसके बड़े भाई 71 वर्षीय सुरजीत सिंह बदेशा एसपी केडी की हिरासत में थे। केडी के साथ नजरें मिलते ही तीनों की नजरें टकराईं। पंजाब के भीतरी इलाकों में जगराँव सब-डिवीजन के काउंके खोसा के रहने वाले ये दोनों बुजुर्ग तीन दशक से अधिक समय से कनाडा के नागरिक थे। दोनों उन हजारों पंजाबियों में थे, जो कभी पंजाब में आतंकवाद और बेरोजगारी से परेशान होकर कनाडा चले गए थे। पंजाब के विपरीत, कनाडा अवसरों की जमीन तब भी थी और आज भी है।

आज यह आरोपी जोड़ी केडी की हिरासत में थी। उनका जुर्म… पंजाब पुलिस रिकॉर्ड के मुताबिक मलकीत कौर और उसके भाई सुरजीत

सिंह बदेशा ने मलकीत की बेटी जस्सी, यानी जसविंदर कौर की हत्या की साजिश रची थी। यह हत्या सत्रह साल तीन महीने और नौ दिन पहले हुई थी। जस्सी को यह सजा उसके प्रेम-प्रसंग और पंजाब के एक आम किसान मिट्‌ठू से उसके परिवार की मरजी के खिलाफ शादी करने के लिए दी गई थी।

मीडिया ने इसे 'जस्सी ऑनर किलिंग केस' करार दिया था। यह हत्याकांड दुनिया में सबसे चर्चित ऑनर किलिंग घटनाओं में एक हो गया था।

एसपी केडी कौर तीन दिन पहले मलकीत और उसके भाई सुरजीत सिंह बदेशा के भारत प्रत्यर्पण के लिए पंजाब से कनाडा आई थीं। यह दौरा अपने आप में बेहद अहम था। यह मामला उन दुर्लभ मामलों में से एक था, जिसके लिए कनाडा की न्याय प्रणाली ने भारत में अभियुक्तों के प्रत्यर्पण के मुकदमे का सामना करने की अनुमति दी थी।

जेट लैग, समय का अंतर, अंतरराष्ट्रीय कानूनी औपचारिकताओं, मामले की दिमागी पेचीदगियों और मीडिया का ध्यान, कुल मिलाकर सभी ने केडी को पूरी तरह थका दिया था।

जेट लैग, समय का अंतर, अंतरराष्ट्रीय कानूनी औपचारिकताओं, मामले की दिमागी पेचीदगियों और मीडिया का ध्यान, कुल मिलाकर सभी ने केडी को पूरी तरह थका दिया था।

केडी के दिमाग में बहुत कुछ चल रहा था। नई दिल्ली हवाई अड्डे पर उतरने के बाद केडी के सामने एक और लंबा सफर था। कई और कानूनी औपचारिकताएँ थीं। इसके बाद इन दोनों आरोपियों को जिला संगरूर पुलिस को सुरक्षित सौंपना था। यात्रा का आखिरी पड़ाव सड़क मार्ग से दिल्ली हवाई अड्डे से लगभग 270 किमी. दूर संगरूर में था।

इसी बीच एक एयर होस्टेस ने विमान का दरवाजा बंद कर दिया।

उन्होंने राहत की साँस ली और फिर हेड रेस्ट पर आँखें बंद कर अपना सिर टिका दिया। लेकिन उनके विवेक ने उन्हें अभी आराम नहीं करने की चेतावनी दी।

तभी उन्हें अपने डीएसपी की हलकी आवाज सुनाई दी…सर…सॉरी मैडम…। केडी ने आँखें खोलकर देखा। डीएसपी झुककर उनसे कुछ कहने की कोशिश कर रहे थे…मुबारक हो मैडम…आखिरकार हमने कर ही दिया…!

पंजाब पुलिस में आज भले ही कई महिलाएँ वरिष्ठ पदों पर पहुँच गई हैं, मगर अरसे तक पंजाब पुलिस में पुरुष अधिकारियों का दबदबा रहा है। ऐसे में वरिष्ठ अधिकारियों को 'सर' या 'श्रीमान' के रूप में संबोधित करने की सदियों पुरानी प्रथा का पालन करने का चलन पुरुष पुलिसकर्मियों में आज तक बरकरार है।

पंजाब पुलिस में आज भले ही कई महिलाएँ वरिष्ठ पदों पर पहुँच गई हैं, मगर अरसे तक पंजाब पुलिस में पुरुष अधिकारियों का दबदबा रहा है। ऐसे में वरिष्ठ अधिकारियों को 'सर' या 'श्रीमान' के रूप में संबोधित करने की सदियों पुरानी प्रथा का पालन करने का चलन पुरुष पुलिसकर्मियों में आज तक बरकरार है। अब तो हालत यह है कि यह चलन अब पुलिस कर्मचारियों की आदत में शुमार हो गया है। यही वजह है, अपनी महिला अफसर को 'मैडम' संबोधित करने में ज्यादातर पुरुष पुलिसकर्मी आज भी गड़बड़ कर देते हैं।

डीएसपी को देखकर केडी ने आँखों-आँखों में ही उसे जवाब दिया। जैसे उनकी आँखें कह रही थीं, यह खुशी मनाने का वक्त नहीं है! परोक्ष में उन्होंने कहा, "एक बार विमान हवा में उड़ जाए, फिर देखते हैं।"

आमतौर पर एक आरोपी को भारत के एक राज्य से दूसरे राज्य में स्थानांतरित करना ही काफी नहीं होता और यहाँ तो उनकी टीम के

लोग एक जघन्य अपराध के दो आरोपियों को एक देश से दूसरे देश में स्थानांतरित कर रहे थे। बात उपलब्धि की भी थी और उत्साह की भी। इस बीच साड़ी पहने साँवली-सी एक एयर होस्टेस ने सुरक्षा घोषणा के लिए अपनी किट तैयार करना शुरू कर दिया।

केडी उसे ही देख रही थीं···कब ये घोषणा करे···कब विमान रनवे पर दौड़ना शुरू करे···! एक-एक पल के साथ उनकी बेचैनी बढ़ती जा रही थी। तभी उनकी नजर एक लंबी, छरहरी-सी एयर होस्टेस पर पड़ी। वह तेज कदमों से घोषणा करने वाली एयर होस्टेस की तरफ बढ़ रही थी···'कहीं कुछ गड़बड़ है क्या···?' केडी ने अपने आप से सवाल किया।

पतली वाली एयर होस्टेस ने घोषणा करने वाली एयर होस्टेस के कान में कुछ कहा। दो पलों के बाद दोनों की नजरें केडी की तरफ उठीं। केडी के मन में उठ रही आशंका सच साबित हो गई। इसके कुछ पलों के बाद वही एयर होस्टेस केडी की तरफ बढ़ने लगी।

पतली वाली एयर होस्टेस ने घोषणा करने वाली एयर होस्टेस के कान में कुछ कहा। दो पलों के बाद दोनों की नजरें केडी की तरफ उठीं। केडी के मन में उठ रही आशंका सच साबित हो गई। इसके कुछ पलों के बाद वही एयर होस्टेस केडी की तरफ बढ़ने लगी।

केडी को झटका-सा लगा। इस तरह एयर होस्टेस का उनकी तरफ आना कुछ अलग था। वे समझ नहीं पा रही थीं कि यह हो क्या रहा है? विमान को तो अब तक उड़ जाना चाहिए था! फिर ये देरी किसलिए हो रही है···या उनके रास्ते में अब भी कोई और बाधा है···अब और क्या हो सकता था···? एकाएक उनके दिमाग में हजारों सवाल कौंध गए। उन्होंने तमाम कागजी कार्रवाई समय पर पूरी कर ली थी। रॉयल कैनेडियन माउंटेड पुलिस (आरसीएमपी)

ने कानूनी तौर पर उन्हें विमान तक पहुँचा भी दिया था। सभी आवश्यक दस्तावेज और सौंपने का काम भी पूरा कर लिया गया था।

उन्होंने आर्म रेस्ट को मजबूती से पकड़ लिया। एयर होस्टेस उनकी ओर ही आ रही थी।

"ओह नो…" वह बुदबुदाई।

"मैडम! ऐसा लगता है कि कोई समस्या है। क्या आप कृपया मेरे साथ आ सकती हैं?" एयर होस्टेस ने आदर के साथ कहा।

केडी बिना कोई सवाल, डगमगाते पैरों पर खड़ी हो गईं और एयर होस्टेस के पीछे विमान के दरवाजे की ओर चल पड़ी, जिसे उसकी सहकर्मी खोल रही थी। उनके चेहरे पर पड़ने वाली ठंडी हवा के झोंके ने जैसे केडी के पैरों की जमीन तक को कँपकँपा दिया था।

केडी बिना कोई सवाल, डगमगाते पैरों पर खड़ी हो गईं और एयर होस्टेस के पीछे विमान के दरवाजे की ओर चल पड़ी, जिसे उसकी सहकर्मी खोल रही थी। उनके चेहरे पर पड़ने वाली ठंडी हवा के झोंके ने जैसे केडी के पैरों की जमीन तक को कँपकँपा दिया था। उन्होंने देखा, वही रॉयल कैनेडियन माउंटेड पुलिस कांस्टेबल, वकील-सा दिखने वाला एक तेज-तर्रार आदमी और एयरपोर्ट डिप्टी मैनेजर सामने थे। केडी ने उन्हें पहचान लिया। कुछ देर पहले ही उन्हीं आरसीएमपी के माउंटीज यानी सिपाहियों ने दोनों आरोपियों को उनके हवाले किया था।

"हमें बहुत खेद है…लेकिन आप उन्हें भारत नहीं ले जा सकते। कम-से-कम आज तो नहीं…" एक कांस्टेबल ने कहा।

"क्या… ? क्यों… ?"

"संघीय मंत्री ने दोनों के प्रत्यर्पण पर रोक लगा दी है…" केडी ने

उनमें से एक को चीखते हुए बोलते सुना। विमान की गर्जना में उसकी आवाज दब रही थी।

8 जून, 2000 को मलकीत कौर और सुरजीत बदेशा ने कथित तौर पर भाड़े के कॉन्ट्रेक्ट किलर ग्रुप के जरिए जस्सी की हत्या करवा दी थी। हत्यारों ने जस्सी के पति मिट्ठू को मरा समझकर छोड़ दिया था। मामला दर्ज हुआ। कार्रवाई शुरू हुई। इसी बीच 2009 में भारत सरकार ने कनाडा सरकार से दोनों के प्रत्यर्पण की माँग की। मलकीत और बदेशा प्रत्यर्पण का विरोध करते हुए कनाडा की एक स्थानीय अदालत में चले गए। मामला लटक गया।

कानूनी दाँव-पेच चलते रहे। समय गुजरता गया। पाँच साल बाद 9 मई, 2014 को ब्रिटिश कोलंबिया कोर्ट के जस्टिस ग्रेगरी फिच ने भारत के पक्ष में फैसला सुनाया। इसके साथ ही कोर्ट ने दोनों आरोपियों के प्रत्यर्पण को मंजूरी दे दी। न्याय मंत्री पीटर मैके ने भी प्रत्यर्पण के आदेश पर हस्ताक्षर कर दिए और आखिरकार दोनों को गिरफ्तार कर लिया गया। इतना सब होने के बावजूद प्रत्यर्पण नहीं हुआ। यानी तब तक दोनों को कनाडाई जेल में ही रखा गया।

कानूनी दाँव-पेच चलते रहे। समय गुजरता गया। पाँच साल बाद 9 मई, 2014 को ब्रिटिश कोलंबिया कोर्ट के जस्टिस ग्रेगरी फिच ने भारत के पक्ष में फैसला सुनाया। इसके साथ ही कोर्ट ने दोनों आरोपियों के प्रत्यर्पण को मंजूरी दे दी।

लेकिन 26 फरवरी, 2016 को मामले में एक नया मोड़ आया। ब्रिटिश कोलंबिया कोर्ट ऑफ अपील ने मलकीत और सुरजीत बदेशा के प्रत्यर्पण को खारिज कर दिया। अदालत ने तर्क दिया कि पंजाब पुलिस की हिरासत में आरोपियों की सुरक्षा की कोई गारंटी नहीं थी। पंजाब पुलिस के खराब ट्रैक रिकॉर्ड और फर्जी मुठभेड़ों की खबरों के अलावा पंजाब की

बदहाल जेलों के मद्देनजर कोलंबिया कोर्ट ने प्रत्यर्पण के लिए पंजाब को पहले ही 'ब्लैक लिस्ट' कर रखा था। मामला एक बार फिर हवा में था।

मामले ने उसी वर्ष 11 अगस्त, 2016 को एक और नया मोड़ लिया। कनाडा की सर्वोच्च न्यायालय ने ब्रिटिश कोलंबिया कोर्ट ऑफ अपील के आदेशों के खिलाफ भारत सरकार की अपील को स्वीकार कर लिया। इसके एक साल से अधिक समय बाद 8 सितंबर, 2017 को सुप्रीम कोर्ट ने अपील अदालत के फैसले को पलट दिया। उसने आरोपी भाई-बहन को मुकदमे का सामना करने के लिए भारत प्रत्यार्पित करने का आदेश दे दिया।

एसपी केडी कौर और उनकी टीम 15 सितंबर, 2017 को इस आरोपी जोड़ी को वापस भारत ले जाने के लिए कनाडा पहुँची थी। पुलिस और आरोपी 17 सितंबर को विमान में सवार हुए थे, लेकिन टेकऑफ से ठीक पहले उन्हें रोक दिया गया।

एसपी केडी कौर और उनकी टीम 15 सितंबर, 2017 को इस आरोपी जोड़ी को वापस भारत ले जाने के लिए कनाडा पहुँची थी। पुलिस और आरोपी 17 सितंबर को विमान में सवार हुए थे, लेकिन टेकऑफ से ठीक पहले उन्हें रोक दिया गया।

दोनों पहले से ही आरसीएमपी की हिरासत में थे। निर्धारित प्रक्रिया के अनुसार, आरोपियों को पंजाब पुलिस की टीम को सौंपना आरसीएमपी का फर्ज था। उन्हें पंजाब पुलिस को सौंपने का काम 'माउंटीज' नाम के एक विशेष दस्ते को सौंपा गया था। लेकिन आरोपी के वकीलों ने यह आरोप लगाते हुए वैंकुवर की एक अदालत का रुख किया कि कनाडाई पुलिस ने आरोपियों को पंजाब पुलिस टीम को गुप्त तरीके से सौंप दिया था। उन्होंने तर्क दिया था कि आरोपियों के रिश्तेदारों को प्रत्यर्पण की सूचना भी नहीं दी गई थी।

वकीलों ने यह भी आरोप लगाया कि प्रक्रिया का दुरुपयोग किया गया था और दावा किया गया था कि आरोपियों को गलत तरीके से उनके वकील के अधिकार से वंचित कर दिया गया था। आरसीएमपी द्वारा उन्हें एस्कॉर्ट किया जा रहा था।

21 सितंबर, 2017 को ब्रिटिश कोलंबिया की कोर्ट ऑफ अपील ने आरोपी की याचिका को स्वीकार कर लिया और प्रत्यर्पण प्रक्रिया की न्यायिक समीक्षा का आदेश जारी कर दिया। नतीजा एक बार फिर शून्य पर आकर ठहर गया। एसपी कौर और उनकी टीम चार दिन के इंतजार के बाद खाली हाथ घर चली गई।

□

तिल-तिल कर बुझता दीया

आमतौर पर मैं मिट्टू को भीड़भाड़ में भी आसानी से पहचान लेता हूँ। मगर वक्त के साथ-साथ उसका चेहरा भी ढलने लगा है। अब तो मुझे भी मिट्टू को जैसे तलाश करना पड़ता है!

उस दिन भी ऐसा ही हुआ। फॉरेस्ट कॉम्प्लेक्स में मुझे जैसे उसका अगले बीस साल बाद का चेहरा दिखा। वह कई महीनों बाद मिला था। जब भी मैं उसे देखता हूँ, उसकी आँखों से कुछ और जीवन उड़ चुका नजर आता है। हालाँकि अभी वह उम्र के चौथे दशक में ही है। लेकिन गुजरे बरसों की पीड़ा ने उसके चेहरे पर अपनी छाप छोड़ दी है। कभी मँझोले कद का एक खूबसूरत नौजवान, चौड़े कंधे और चेहरे पर एक मासूम सी मुसकान! मगर अब यहाँ सिर्फ उसकी छाया भर है। मैंने उसे तिल-तिल कर मुरझाते देखा है।

उस दिन भी ऐसा ही हुआ। फॉरेस्ट कॉम्प्लेक्स में मुझे जैसे उसका अगले बीस साल बाद का चेहरा दिखा। वह कई महीनों बाद मिला था। जब भी मैं उसे देखता हूँ, उसकी आँखों से कुछ और जीवन उड़ चुका नजर आता है।

लेकिन उसका सार अभी भी उसमें है। हमेशा की तरह मृदुभाषी! उसकी आँखें ईमानदार हैं। उसका व्यवहार कोमल और उसकी चाल सुंदर है। जब वह मुसकराता है, तो उसके होंठों के बाईं तरफ एक छोटा

सा खूबसूरत गड्ढा बनता है। आप समझ सकते हैं, जस्सी ने उसे देखते ही पसंद क्यों किया होगा! वह उस मुसकान से इतनी प्रभावित हुई कि उसने कनाडा और भारत के बीच के सात समुद्रों तक को पार कर दिया। मिट्ठू की होने के लिए सामाजिक-आर्थिक मतभेदों की भूलभुलैया से बाहर एक बड़ी छलाँग लगा दी। उसने अपना देश, अपने माता-पिता, अपने आरामदायक वैश्विक जीवन को छोड़ दिया। बस, मिट्ठू की बाँहों में रहने के लिए। अपने मिट्ठू की मुसकान पर केवल और केवल अपनी होने का दावा पेश करने के लिए।

□

3

फाल्स केस कमीशन

नवंबर 2018-मिट्ठू

मैं तीन बसें बदलकर यहाँ तक पहुँचा था। फिर एक ऑटो रिक्शा ने मुझे यहाँ उतार दिया था कि आगे सड़क खराब है और वह आगे नहीं जा सकता, वगैरह-वगैरह। वैसे मैं ऐसे चालाक शहरियों की ग्रामीणों को लूटने की आदत से अच्छी तरह वाकिफ हूँ। यहाँ मेरी एकमात्र उम्मीद यही थी कि मैं सही पते पर पहुँच जाऊँ।

जे.जे. ने मुझे मोहाली के सेक्टर 68 में नीले रंग की मोटे काँच वाली इमारत में पहुँचने के लिए कहा था। इसे पंजाब फॉरेस्ट कॉम्प्लेक्स कहा जाता है। इस इमारत की सातवीं मंजिल पर मौजूद पंजाब पुलिस आयोग झूठे पुलिस मामलों की जाँच आदि का काम करता है। मैंने इससे पहले ऐसी इमारत कभी नहीं देखी थी। ऐसा लग रहा था, जैसे दो बड़ी ढोलक रख दी थी और फिर इनको पुलों से जोड़ दिया गया था। बीच-बीच में बीम नीले काँच से लिपटे हुए थे। क्या यह इमारत पक्षी के हमलों के लिए सुरक्षित थी? या क्या हो अगर कुछ उपद्रवियों ने विरोध प्रदर्शन करते समय इस पर पथराव कर दिया तो? अफसोस यह भी था कि आसपास एक भी पेड़ नहीं था, जिसकी छाया में थोड़ा सुकून मिल सके···और नाम···वन परिसर···कमाल है···! मेरे जेहन में कई सवाल थे।

वैसे आजकल कोई भी सरकारी विभाग विरोध प्रदर्शनों से अछूता

नहीं है। हर कोई इन दिनों सरकार से दुश्मनी रखता नजर आ रहा है। लेकिन क्या किसी ने मेरे जैसा कष्ट सहा है··· ? मैं इस अजीब लेकिन भव्य इमारत के सामने खड़ा था, जहाँ यह जाँच आयोग का दफ्तर है।

मगर क्या ये लोग मेरी दुर्दशा को समझने की कोशिश करेंगे··· ? क्या मुझे न्याय देंगे··· ? क्या मेरी जस्सी को न्याय देंगे··· ?

देख जस्सी···देख तेरा मिट्ठू एक और दरवाजा खटखटाने जा रहा है! ऐसे दरवाजे खटखटाते हुए मुझे अठारह साल गुजर चुके हैं। समझ नहीं आता, उस दिन मैं बच कैसे गया? काश! तुम्हारी जगह मैं मर गया होता! गरमी मुझे पिघलाने पर तुली है। पता नहीं यह सूरज का असर है या उस आग का, जो मेरे अंदर पिछले 18 साल से जल रही है··· ?

तुमने मुझे जून की 48 डिग्री सेल्सियस की चिलचिलाती धूप में खेतों में मेहनत करते देखा है। कबड्डी के मैदान में विरोधियों को हराते हुए भी और मांसपेशियों की चुनौती देते भी देखा है। मगर आज मेरी गर्जना बहरी हो गई है। मैं अब वह नहीं हूँ।

तुमने मुझे जून की 48 डिग्री सेल्सियस की चिलचिलाती धूप में खेतों में मेहनत करते देखा है। कबड्डी के मैदान में विरोधियों को हराते हुए भी और मांसपेशियों की चुनौती देते भी देखा है। मगर आज मेरी गर्जना बहरी हो गई है। मैं अब वह नहीं हूँ।

अठारह साल हो गए। मैं किशमिश की तरह मुरझा गया हूँ। धूप में पके पत्ते की तरह बेदम हो गया हूँ। जल्द ही मैं उखड़ जाऊँगा और फिर आग में जलकर एक मुट्ठी भर राख बन जाऊँगा।

जे.जे. ने कहा है कि यह आयोग मेरी मदद करेगा। बता दूँ, जिस साल यानी 1999 में हमारी सीक्रेट शादी हुई थी, उन दिनों पंजाब के मुख्यमंत्री प्रकाश सिंह बादल थे। उसी दौरान मेरे खिलाफ झूठे मामले

दर्ज होने लगे थे। पुलिस ने कहा था कि मैंने तुम्हें अगवा किया था। तुम्हें मुझसे शादी करने के लिए मजबूर किया था। मगर तुम चट्टान की तरह खड़ी थीं। तुमने कनाडा से पुलिस को एक बयान फैक्स किया था और फिर पहली ही उड़ान से सीधे मेरी बाँहों में आ गई थीं।

लेकिन बाकी मामलों में मैं इन दरिंदों के खिलाफ अकेला ही था। जे.जे. ने कहा कि उन्होंने मेरी याचिका का मसौदा तैयार कर लिया है। वह शुरू से मेरी लगभग सभी याचिकाओं का मसौदा तैयार कर रहे हैं। उन्होंने हमारे प्यार और अन्याय की ढेरों खबरें लिखी हैं। मैंने उनमें से कई खबरों को सँभालकर रखा है···मैं तो कहूँगा···शायद एक सौ से भी ज्यादा!

लेकिन बाकी मामलों में मैं इन दरिंदों के खिलाफ अकेला ही था। जे.जे. ने कहा कि उन्होंने मेरी याचिका का मसौदा तैयार कर लिया है। वह शुरू से मेरी लगभग सभी याचिकाओं का मसौदा तैयार कर रहे हैं। उन्होंने हमारे प्यार और अन्याय की ढेरों खबरें लिखी हैं।

नहीं···तुम जे.जे. से नहीं मिलीं। जे.जे. एक पत्रकार हैं। जे.जे. यानी जुपिंदरजीत। मैं तो कहूँगा, जे.जे. पत्रकार कम और साधु-संत ज्यादा हैं। तभी तो अब तक मेरे साथ हैं! वरना उनके लिए मैं एक कहानी से ज्यादा था भी नहीं। लेकिन मेरी पीड़ा उनके लिए मेरी खबर से कहीं ज्यादा थी। यह काम तो कोई संत ही कर सकता है··· नहीं··· ?

वे कहते हैं, 'मैं न्याय के इंतजार में दर्द से मर रहा हूँ।' वह नई शताब्दी और मेरे अंत की शुरुआत से मेरे साथ हैं। मुझे जे.जे. पर बहुत भरोसा है। उन्होंने मुझे कई बार बचाया है। पता नहीं उनके साथ मेरा कौन से जनमों का रिश्ता है ? मगर यह तो पक्का है कि कोई तो रिश्ता जरूर होगा! वरना यूँ तो कोई किसी की मदद नहीं करता। वे कभी पैसे

देकर मेरी मदद करते हैं, तो कभी पुलिस अफसरों को कह-सुनकर। वो जैसे मेरी जुबान, मेरी आवाज हैं।

इससे भी ज्यादा, जब मैं तुम्हारे बारे में बात करता हूँ, तब भी वे मेरी बात सुनते हैं। यहाँ तक कि जब भी मैं शराब के नशे में तुम्हारी बात करता हूँ, तब भी मुझे धैर्य से सुनते हैं। मुझे हौसला देने की कोशिश करते हैं। अब तो हालत ये है कि मेरी माँ और मेरा भाई तक तकलीफ में उन्हें ही बुलाते हैं। अब उन्हें अपना न कहूँ तो और क्या कहूँ?

तुम नाराज मत होना जस्सी! जब मैं हर रात तुम्हारी दर्द भरी रोने की आवाज सुनता हूँ, तो मेरा सीना जलने लगता है। तुम ही बताओ मैं क्या करूँ? जब मुझे लगता है कि तुम्हारे होंठ मुझसे बात करने की कोशिश कर रहे हैं, तो मुझे सुकून हासिल करने के लिए नशे की जरूरत होती है। भले ही कुछ घंटों के लिए ही सही!

इससे भी ज्यादा, जब मैं तुम्हारे बारे में बात करता हूँ, तब भी वे मेरी बात सुनते हैं। यहाँ तक कि जब भी मैं शराब के नशे में तुम्हारी बात करता हूँ, तब भी मुझे धैर्य से सुनते हैं। मुझे हौसला देने की कोशिश करते हैं। अब तो हालत ये है कि मेरी माँ और मेरा भाई तक तकलीफ में उन्हें ही बुलाते हैं।

याचिका को अपने दम पर लिखना मेरे लिए असंभव था। तुम तो मेरी अंग्रेजी जानते ही हो! तुम्हें याद है···तुम्हारी चिट्ठियाँ पढ़वाने के लिए मुझे गाँव के स्कूल के अंग्रेजी टीचर कुलजिंदर के पास जाना पड़ता था···। ऐसी शायद तुम्हारी दो सौ से ज्यादा चिट्ठियाँ मैंने उससे पढ़वाई होंगी। फिर तुमने पंजाबी में लिखना सीखा। लेकिन मैं कभी भी ठीक से अंग्रेजी नहीं सीख पाया। अब जब मुझे इन सभी कानूनी कागजातों को अंग्रेजी में पढ़ना होता है, तो मुझे लगता है कि मैं कितना बड़ा पागल हूँ! मगर तुम होशियार थीं। तुमने मेरे

लिए पंजाबी लिखना तक सीखा। जब तक तुम जीवित थीं, तो मैं तुमको कभी भी थैंक यू नहीं बोल सका। काश, तुम मेरे पास होतीं···जस्सी!

मैंने सोचा, मैं जज को बताऊँगा क्या···क्या ऐसे आयोगों में न्यायाधीश या पुलिस अधिकारी भी होते हैं या फिर वहाँ भी नेता ही बैठते हैं? मुझे नहीं पता। जे.जे. ने बताया था कि आम लोगों की शिकायतों पर इस आयोग का गठन किया गया था। शिरोमणि अकाली दल और भारतीय जनता पार्टी सरकार के दस बरसों के दौरान इन वर्करों को सियासी लड़ाई के कारण कई झूठे पुलिस मामलों का शिकार बनाया गया था। मुझे लगता है कि विपक्ष को दबाने के लिए यह एक राजनीतिक युद्ध मैदान की तरह था। नए मुख्यमंत्री चाहते थे कि यह आयोग पुलिस की शिकायतों की जाँच करे और जिन लोगों को झूठा फँसाया गया, उन्हें राहत मिल सके।

मैंने सोचा, मैं जज को बताऊँगा क्या···क्या ऐसे आयोगों में न्यायाधीश या पुलिस अधिकारी भी होते हैं या फिर वहाँ भी नेता ही बैठते हैं? मुझे नहीं पता। जे.जे. ने बताया था कि आम लोगों की शिकायतों पर इस आयोग का गठन किया गया था।

लेकिन मैं कांग्रेस का वर्कर या अकाली या फिर किसी और पार्टी का नुमाइंदा नहीं हूँ। मैं सिर्फ अपनी जस्सी का मिट्ठू हूँ। मैंने ग्राम पंचायत सदस्य का चुनाव जीता है। लेकिन किसी पार्टी से नहीं। तो···मैं आयोग को क्या बताऊँगा?

तुम्हें पता है, पुलिस के रिकॉर्ड में तुम्हारे मिट्ठू के बारे में क्या लिखा है··· ? मेरा आपराधिक रिकॉर्ड (हाँ···अब मेरा भी एक क्रिमिनल प्रोफाइल है) जो कहता है कि मैं किडनैपर, रेपिस्ट, स्नैचर, ड्रग पैडलर, और यहाँ तक कि एक ऐसा गुंडा हूँ, जो लॉ एंड ऑर्डर के लिए बड़ा खतरा है।

मगर तुम मेरी सच्चाई जानती हो। मैं सिर्फ एक प्रेमी हूँ। अपनी जस्सी का प्रेमी! मेरा प्यार ही एकमात्र अपराध है, जिसके लिए मैं दोषी भी हूँ और गौरवान्वित भी।

जे.जे. अपनी सफेद स्कॉर्पियो के खराब बोनट को ठीक करने की कोशिश कर रहे थे। इसका मतलब उन्होंने अभी तक अपनी स्कॉर्पियो की मरम्मत नहीं कराई थी। यह उसी स्थिति में है, जब मैंने उनको छह महीने पहले देखा था, जब वे मुझसे पिंड में मिलने आए थे।

मुझसे मिलने पर छह फीटे पोनी टेल वाले कड़ियल जवान जे.जे. के चेहरे पर एक शांत मुसकान आ गई। जैसे वह पहले से ही जवाब जानते थे। उनके सवालों ने ही हम दोनों को जोड़े रखा है।

इन अठारह वर्षों में हम कई बार और कई अलग-अलग जगहों पर मिले हैं—अस्पतालों, जेलों, पुलिस स्टेशनों, अदालतों, ढाबों, स्वर्ण मंदिर, यहाँ तक कि शानदार होटलों में भी, जब वो कनाडाई पत्रकार मेरे इंटरव्यू के लिए आए थे।

इन अठारह वर्षों में हम कई बार और कई अलग-अलग जगहों पर मिले हैं—अस्पतालों, जेलों, पुलिस स्टेशनों, अदालतों, ढाबों, स्वर्ण मंदिर, यहाँ तक कि शानदार होटलों में भी, जब वो कनाडाई पत्रकार मेरे इंटरव्यू के लिए आए थे।

कनाडा··शब्द ही मेरी आत्मा को हिला देता है; क्योंकि मेरी जस्सी कनाडा में जनमी और वहीं पली-बढ़ी। मुझे आश्चर्य है, जस्सी! क्या यही तुम्हारी खुशनसीबी थी और शायद यही बदनसीबी भी? क्या मैं कभी उस जगह को देख पाऊँगा, जहाँ तुम कभी पली-बढ़ी? हालाँकि तुम्हारे परिवार के लोग, तुम्हारे तो बिल्कुल नहीं लगते! वरना तुम्हें मारने के लिए इतने लोगों को क्यों भेजते?

जे.जे. के अपना पहचान-पत्र दिखाने के बाद गेट पर मौजूद पुलिस गार्ड ने हमें अंदर जाने दिया। कोई सवाल नहीं पूछा गया। इतने समय से मुझे डर लग रहा था कि क्या वे हमें अंदर जाने देंगे या हमें उनकी जेब में भी कुछ डालना पड़ेगा। मुझे इस धारणा के लिए क्षमा करें। मैं जेल के संतरियों पर, सुरक्षाकर्मियों पर, वकीलों के मुंशियों पर, मुंशियों के दूतों पर, पुलिस वालों पर और पता नहीं किस-किस पर कितने ही पैसे लुटाता रहा हूँ।

ढाई नहीं, बल्कि पाँच नदियों की भूमि पंजाब। ये नदियाँ आज 50 फीसदी से कम क्षमता से बह रही हैं। मगर क्या बाँध और मजबूत बैराज इनके पानी को रोक सकते हैं···क्या पानी के कुदरती बहाव को दूसरी जगह मोड़ सकते हैं··· ?

फाइलों को लेकर लोगों के झुंड गलियारों में आ-जा रहे थे। उनमें से ज्यादातर कुरता-पायजामा पहने हुए थे, आमतौर पर नेताओं के पहनावे जैसा कुछ। उनके साथ उनके समर्थक भी थे। कुछ बहुत महँगे सफारी सूट पहने हुए थे। ये पक्का व्यापारी थे। पंजाब के सामाजिक-आर्थिक ढाँचे का पहनावा भी अलग है।

ढाई नहीं, बल्कि पाँच नदियों की भूमि पंजाब। ये नदियाँ आज 50 फीसदी से कम क्षमता से बह रही हैं। मगर क्या बाँध और मजबूत बैराज इनके पानी को रोक सकते हैं···क्या पानी के कुदरती बहाव को दूसरी जगह मोड़ सकते हैं··· ?

हम सीढ़ियाँ चढ़ने लगे। जे.जे. कभी एलीवेटर नहीं लेते। मगर दूसरी मंजिल पर पहुँचने तक मेरी साँसें उखड़ने लगी थीं। जे.जे. ने मुझ पर ताना कसा, 'देख लिया नशे का असर···इसीलिए···मैं तुझे नशों से दूर रहने के लिए कहता हूँ। ये शरीर को भीतर से खोखला कर देते हैं।'

'नहीं वीरजी! मैं तो कभी-कभी ही लेता हूँ। वो भी तब, जब नींद नहीं आती···आपको पता है जस्सी···!'

मैंने वाक्य को अधूरा छोड़ दिया। जे.जे. मेरी अनकही बात समझ गए। हम तीसरी मंजिल पर रुक गए। जब तक मैंने उखड़ी साँस को ठीक किया, वे मेरा इंतजार करते रहे।

'बस, इतना ही कहूँगा कि मैं सफर कर रहा हूँ, इसलिए थक गया हूँ···मुझे लगता है···' मैं तर्क करता हूँ। वे एक समझदार मुसकान के साथ सिर हिलाते हैं।

'हम बाद में एक बढ़िया लंच करेंगे···' उन्होंने मुझे आश्वासन दिया।

मेरा दिमाग पीछे छूट गया है। जस्सी···तुम्हें याद है कि मैंने तुम्हें कैसे बड़ी आसानी से अपनी बाँहों में उठा लिया था और अपने हनीमून पर शिमला के उस होटल की सीढ़ियाँ चढ़ ली थीं। तुमने मुझे चुनौती जो दी थी। तुम देखना चाहती थी कि इस जट्ट के पास अपनी दुलहन को अपनी बाँहों में उठाने की ताकत थी भी या नहीं?

मगर आज मैं बायाँ हाथ भी मुश्किल से उठा पाता हूँ। यह दूसरे से कमजोर है। उन्होंने मेरी अनामिका काट दी थी। तुमने अपने पूरे परिवार और समाज को ठेंगा दिखाकर उस उँगली पर एक अँगूठी पहनाई थी और उन्होंने उसे ही काट दिया। अब इस हाथ ने अपनी पकड़ खो दी है। अँगूठा आमतौर पर सुन्न रहता है। बरसों से भयानक सिरदर्द है। मैं बयाँ भी नहीं कर सकता। मुझे यकीन है कि एक दिन मेरी खोपड़ी बीच से फट जाएगी। डॉक्टरों ने भी मुझे बताया था कि मेरी खोपड़ी को इक्कीस टाँके लगाकर सिलना कितना कठिन था!

मगर आज मैं बायाँ हाथ भी मुश्किल से उठा पाता हूँ। यह दूसरे से कमजोर है। उन्होंने मेरी अनामिका काट दी थी। तुमने अपने पूरे परिवार और समाज को ठेंगा दिखाकर उस उँगली पर एक अँगूठी पहनाई थी और उन्होंने उसे ही काट दिया। अब इस हाथ ने अपनी पकड़ खो दी है।

डरो मत डियर! मेरे शरीर की ताकत भले ही चली गई, मगर मेरी आत्मा की ताकत अभी भी बरकरार है। वे सबकुछ छीन सकते हैं, लेकिन वे तुम्हारे लिए, हमारे लिए और ऑनर किलिंग के हजारों पीड़ितों के लिए, न्याय के लिए लड़ने की मेरी इच्छा को कभी नहीं छीन सकते। उनको ऐसी शर्मनाक हत्याएँ करने की छूट नहीं दी जा सकती।

मेरी रगों में गुस्सा उमड़ता है और मैं अगली सीढ़ियाँ चढ़ जाता हूँ। लंबे हॉल के रास्ते में सैकड़ों लोग थे। यहाँ एक तरफ कमरों की एक श्रृंखला है, जहाँ आयोग के दोनों रिटायर जज मेंबर बैठते हैं। उलझन में मैं जे.जे. को देखता हूँ। वे मुझे खड़े होने और प्रतीक्षा करने के लिए जगह खोजने हेतु संकेत देते हैं। मैं भीड़ को स्कैन करता हूँ तो वे अंदर चले जाते हैं।

मेरी रगों में गुस्सा उमड़ता है और मैं अगली सीढ़ियाँ चढ़ जाता हूँ। लंबे हॉल के रास्ते में सैकड़ों लोग थे। यहाँ एक तरफ कमरों की एक श्रृंखला है, जहाँ आयोग के दोनों रिटायर जज मेंबर बैठते हैं। उलझन में मैं जे.जे. को देखता हूँ।

हॉल में बहुत से लोग मुझे घूरते नजर आए। ऐसा लगा, जैसे सब मुझे ही देख रहे हैं! क्या वे मुझे पहचानते हैं⋯क्या मैं अखबारों में अपनी तसवीरों में वही दिखता हूँ⋯? या टीवी इंटरव्यू में, वो फिल्म और वो कुछ डॉक्यूमेंटरीज में⋯? वे कहते हैं, अगर आप 'मिट्ठू' नाम गूगल करते हैं, तो वह मेरे बारे में पोस्ट दिखाता है।

जे.जे. ने मुझे अपने पीछे आने का इशारा किया। अंदर और भी लोग थे। भीड़ देखकर मुझे घुटन होने लगती है। जेल की बैरकों, अस्पतालों, इनसानों के पसीने की बदबू, सबकुछ, जैसे एक बार फिर मेरी आँखों के सामने था। जे.जे. कागज की एक परची पर कुछ लिखते हैं और कमरे के बाहर खड़े गार्ड को सौंप देते हैं।

यह चेयरमैन का कमरा है···वे मुझे धीरे से बताते हैं। कुछ ही मिनटों में हमें अंदर बुला लिया गया। उनका दफ्तर अदालत की तरह नहीं था। बस एक बड़ा एल आकार का कमरा था। एक छोर पर एक बड़ी सी मेज और करीब बीस कुरसियाँ थीं। दूसरी तरफ एक महाराजा की तरह सफेद पगड़ी और बँधी हुई दाढ़ी वाले एक सिख सज्जन अपनी मेज पर कुछ कागजों पर झुके नजर आए। हमें देखकर उन्होंने बैठने का इशारा किया।

ऐसा लगा, जे.जे. उन्हें जानते थे। मैं हाथ जोड़कर जज के सामने खड़ा हो गया। मेरी टाँगें अभी भी काँप रही थीं। बरसों से मैं जजों के सामने खड़ा हुआ हूँ। जे.जे. का कहना है कि आयोग में रिटायर जज हैं। तो क्या वे अभी भी जज हैं? क्या वे मुझे सलाखों के पीछे डाल देंगे? मुझे अपने जीवन में ऐसे अंदेशों की आदत-सी हो गई है।

ऐसा लगा, जे.जे. उन्हें जानते थे। मैं हाथ जोड़कर जज के सामने खड़ा हो गया। मेरी टाँगें अभी भी काँप रही थीं। बरसों से मैं जजों के सामने खड़ा हुआ हूँ। जे.जे. का कहना है कि आयोग में रिटायर जज हैं। तो क्या वे अभी भी जज हैं?

चेयरमैन साहब ने मुझे गौर से देखा। मैं थोड़ा अनिश्चित-सा था। जे.जे. ने उन्हें मेरी याचिका सौंप दी। जज ने याचिका पढ़ने के बाद मुझे गौर से देखा, 'क्या बात है, तुम्हारे खिलाफ इतने सारे मामले? क्यों··· ? तुमने जरूर कुछ किया होगा··· ?' उन्होंने सीधे मेरी आँखों में झाँकते हुए पूछा। मैं अपनी सीट पर सिमट गया।

'सर, यह मिट्ठू है···' जवाब जे.जे. ने दिया, 'सर, जस्सी हत्याकांड को तो आप जानते ही हैं, वो ऑनर किलिंग वाला केस··· ? वह इसकी पत्नी थी। इसीलिए इस आदमी को इतने बरसों से गलत तरीके से फँसाया जा रहा है। यह जस्सी मर्डर केस और अन्याय की लड़ाई लड़ रहा है।'

'जस्सी मर्डर···' चेयरमैन बुदबुदाए। मेरी तरफ करीब से देखते हुए

बोले, 'वो कनाडाई लड़की… ?'

'हाँ, सर…' इस बार भी जे.जे. ने जवाब दिया।

'ओह! वेरी सैड… !' जज साहब बोल उठे।

'सर! जरा मामलों की सूची देखिए। मिट्ठू के खिलाफ जस्सी को किडनैप करने और उसके साथ जबरन शादी का पहला फर्जी मामला मार्च 2000 में दर्ज किया गया था। उन दिनों जस्सी कनाडा में थी। मिट्ठू के खिलाफ मामला दर्ज होने पर जस्सी ने कनाडा से जगराँव के एसएसपी को एक फैक्स के जरिए अपनी मरजी से शादी करने का बयान भेजा था। इस फैक्स के आधार पर मिट्ठू को किडनैपिंग और शादी के मामले में जमानत मिल गई। मगर इसके बाद इसके खिलाफ 2004 में अपने ही गाँव की एक अन्य लड़की का बलात्कार करने का मामला दर्ज किया गया। मई 2009 में इसके पास नशीली दवाइयाँ बरामद की गईं। इसके अगले ही दिन स्नैचिंग का केस दर्ज कर दिया गया। फिर शराब पीने और स्मगलिंग का केस, 2015 में लड़ाई-झगड़े का केस, दिसंबर 2015 में एक और नशीली दवाओं की स्मगलिंग का मामला…अदालत ने इसे बलात्कार, स्नैचिंग और शराब तस्करी के मामले में बरी कर दिया सर! बस आखिरी वाला अभी भी चल रहा है।' जे.जे. ने कहा।

सर! जरा मामलों की सूची देखिए। मिट्ठू के खिलाफ जस्सी को किडनैप करने और उसके साथ जबरन शादी का पहला फर्जी मामला मार्च 2000 में दर्ज किया गया था। उन दिनों जस्सी कनाडा में थी।

मैं खामोश नहीं रह सका, 'मुझ पर कई मामले दर्ज थे सर… ! जब भी मुझे ऑफिस बुलाया जाता था, मुझे जस्सी के मामले में समझौता करने के लिए कहा जाता था। मुझे समझौता करने के लिए डेढ़ करोड़ रुपए देने की पेशकश की गई। सरकारी नौकरी और 14 एकड़ जमीन का

लालच दिया गया। लेकिन मैंने मना कर दिया। फिर उन्होंने मुझे पीटा। गाँव के सरपंच ने मुझे धमकाया। वह अकाली था। मैं लगातार तीसरी बार पंचायत सदस्य चुना गया हूँ।'

चेयरमैन ने सिर हिलाया, 'अपना बयान रिकॉर्ड करवाओ। देखते हैं कि इस मामले में कितना दम है ? अगर तुमको फिर प्रताड़ित किया गया, तो पुलिस को दंडित किया जाएगा।'

मैंने फिर हाथ जोड़ दिए। मेरे चेहरे पर हैरानी भरी खुशी थी। मेरे सिकुड़े हुए दिल में आशा की एक किरण आ गई थी।

बाद में जे.जे. ने मुझे बस स्टैंड पर छोड़ दिया। उन्होंने मुझे दोपहर के भोजन का वादा किया था, लेकिन कुछ फोन आए और वे एक जरूरी काम के लिए निकल गए।

'ध्यान रखना···मिट्ठू! जब तुम घर पहुँचो, तो मुझे फोन करना। अगर तुम नहीं करोगे तो मुझे चिंता रहेगी···' वे जाने को मुड़े। मैंने आवाज देकर उनको रोक लिया, वीरजी! जाते-जाते मैंने पूरा हौसला जुटाकर कहा, 'वीरजी···आपके पास कुछ पैसे होंगे··· ?'

'ध्यान रखना···मिट्ठू! जब तुम घर पहुँचो, तो मुझे फोन करना। अगर तुम नहीं करोगे तो मुझे चिंता रहेगी···' वे जाने को मुड़े। मैंने आवाज देकर उनको रोक लिया, वीरजी! जाते-जाते मैंने पूरा हौसला जुटाकर कहा, 'वीरजी···आपके पास कुछ पैसे होंगे··· ?'

'हाँ···बिल्कुल' उन्होंने मेरे हाथ पर तीन हजार रुपए रख दिए। 'मैं सोच ही रहा था, तुझे इनकी जरूरत होगी!'

मैं दो हजार रुपए लेता हूँ और बाकी वापस कर देता हूँ, 'ये काफी हैं···वीरजी, मैं नशे की गोलियाँ छोड़ने की कोशिश कर रहा हूँ। लुधियाना में एक डॉक्टर से मिलना है। वो कहता है, उसने कई लोगों की मदद की है।'

'ओके, अपना ध्यान रखना···' कहते हुए उन्होंने मुझे गंभीर आँखों

से देखा और पलटकर चले गए।

मिट्ठू को छोड़ने के आधे घंटे बाद उसकी माँ ने जे.जे. को फोन किया, 'काकाजी! मिट्ठू पहुँच गया··· ? उसने फोन नहीं किया अभी तक। उसका फोन स्विच ऑफ आ रहा है।'

'हाँ··हाँ। वह अभी-अभी घर के लिए जगराँव की बस में चढ़ा है···' जे.जे. ने कहा। हर बार मिट्ठू की माँ का यही सवाल होता है।

'ओह! पता नहीं उसने कुछ खाया भी होगा कि नहीं··वो ठीक था न··· ? क्या जज ने उसका केस देखा था··· ?' उसने एक साँस में कई सवाल दाग दिए। उसकी आवाज में घबराहट साफ थी।

'वह ठीक है जी! जज ने मिट्ठू की बात ध्यान से सुनी है···' जे.जे. ने उस बूढ़ी औरत को समझाने की कोशिश की। जे.जे. को उस दुखियारी को समझाने में खासा वक्त लगा कि यह कोई अदालत नहीं थी, बल्कि कमीशन था।

'जज ने मिट्ठू की बात सुनी है··देखते हैं, आगे क्या होता है···। जज अब पुलिस अफसरों को बुलाएँगे···' जे.जे. ने उसे समझाया।

'पुलिस को बुलाएँगे··· ?' बुढ़िया की आवाज में घबराहट और बढ़ गई थी, 'अब देखना, पुलिस वाले उसको दूसरे केसों में फँसा देंगे! वह तो बेचारा पहले से ही···।'

जे.जे. ने तसल्ली देते हुए कहा, 'चिंता न करो माताजी! चीजें अब अलग-अलग हैं। आपको विश्वास रखना चाहिए···।'

□

4

सुखदेव कौर माता

जिस पल में गाँव की दाई चन्नो ने मेरे बेटे को मेरी गोद में रखा, मेरे मुँह से अचानक निकला था—'मिट्ठू'। वह छोटा सा, मासूम सा था। बेशक सारे बच्चे ऐसे ही होते हैं। लेकिन यह वाला···मेरे लिए तो यही खास था। ये तो मेरे दोनों हाथों में ही फिट हो गया था। मैं खुशी और चमत्कार से रो पड़ी थी। जब वह मुसकराया तो मेरे जीवन का अर्थ एकदम स्पष्ट हो गया। मैं इसी पल के लिए तो पैदा हुई थी! खेतों में मेहनत, घर के कामों से जूझना, बेटी, बहू और पत्नी का फर्ज, खाली पेट सोना, सारी मेहनत इसी दिन के लिए तो थी! दुनिया के सभी फूलों की सबसे कोमल-कोमल पंखुड़ियों से भरा कटोरा!

'मिट्ठू' नाम मुझे पसंद था। मिसरी जैसा मीठा! एक चमकता चाँद! जब बोले, तो ऐसा लगे, जैसे किसी संत ने बरसों के ध्यान के बाद अपने होंठ खोले हों! पेट में था, तो इतना शांत कि मेरे अस्तित्व की सबसे गहरी परतों में उसकी साँसें ही महसूस होती थीं। एक माँ ही अपने बच्चे की आवाज का संगीत सुन सकती है···और मेरा मिट्ठू तब से ऐसा ही है···मीठा बोलने वाला! मैंने उसे कभी किसी पर जोर से बोलते या चिल्लाते नहीं सुना। लोगों ने कहा कि उसकी आवाज ईमानदार है। उसकी आवाज सीधे उसके दिल की गहराई से आती है। होंठ तो जैसे उसकी गहराइयों की सतह हैं। हमारे साथ इतना कुछ हो जाने के बावजूद मिट्ठू की आवाज में आज भी वही करुणा, वही प्यार है।

जस्सी ने एक बार मुझे बताया था, जब उसने पहली बार मिट्ठू को 16 दिसंबर, 1996 को जगराँव बस स्टॉप पर देखा, तो उसने अपना दिल खो दिया था। एक बच्चे की तरह जस्सी ने अपनी माँ से जगराँव के अपने नानके गाँव काउंके खोसा जाने के लिए उस खास तरह की गाड़ी मरुता की सवारी करने की जिद की थी। मरुता···जी हाँ···मरुता! यह एक तिपहिया वाहन है, जिसमें इंजन को ढकने वाली एक बड़ी उभरी हुई चोंच होती है। ड्राइवर के अलावा इसमें कई लोग बैठकर यात्रा कर सकते हैं। जबकि इसके पिछले हिस्से में लगे लोहे के पायदान पर कई और लोग खड़े होकर भी सफर कर सकते हैं।

जस्सी की माँ और बदेशा मामा कार का इंतजार कर रहे थे। लेकिन कनाडा में जनमी और पली-बढ़ी 16 बरस की जस्सी मरुता की सवारी का मजा लेना चाहती थी। मरुता की कहानी, जो वह अपने दोस्तों को घर वापस जाकर सुना सकती थी। मरुता··· विशाल काले ड्रैगन जैसा कुछ होता है···।

जब जस्सी ने मिट्ठू को उनकी दूसरी मुलाकात में बोलते हुए सुना तो उसका दिल जोरों से धड़क उठा था। एक पल में जैसे सब बदल गया! शायद महिलाएँ ही इस भावना को पहचान सकती हैं। उसने मिट्ठू को वैसा ही प्यार किया, जैसा मिट्ठू उससे करता था।

जब जस्सी ने मिट्ठू को उनकी दूसरी मुलाकात में बोलते हुए सुना तो उसका दिल जोरों से धड़क उठा था। एक पल में जैसे सब बदल गया! शायद महिलाएँ ही इस भावना को पहचान सकती हैं। उसने मिट्ठू को वैसा ही प्यार किया, जैसा मिट्ठू उससे करता था। जस्सी कद में मिट्ठू से एक-आध इंच लंबी ही थी।

मैंने जस्सी को हमारे जीवन में आए तूफान के लिए कभी दोषी

नहीं माना। वह सुंदर थी और सुंदरता अकसर खतरनाक होती है। लेकिन उसकी आँखें मिट्ठू की तरह ईमानदार थीं। इसके बावजूद, इतनी जल्दी किसी पर भरोसा करना आसान नहीं होता। मैंने भी दुनिया देखी थी। इस बात ने मुझे पहले दिन से ही बेचैन कर दिया था। हो सकता है कि मैं चाहती थी कि मिट्ठू वही नवजात रहे, ताकि मैं उसे अपनी हथेलियों और ढाल में हमेशा के लिए सुरक्षित रख सकूँ। इस बदसूरत और खतरनाक दुनिया से पूरी तरह सुरक्षित!

उस चिंता ने मुझे कभी नहीं छोड़ा। यह मुझे तब से खा रही है। मिट्ठू उस दिन भी घर नहीं लौटा था। सूरज बहुत पहले डूब गया था। तीन घंटे से अधिक का समय हो गया है, जब जे.जे. ने बताया कि मिट्ठू बस में चढ़ा है, तब कुछ राहत मिली। मैं जे.जे. पर विश्वास करती हूँ। लेकिन जिस दिन उन्होंने मिट्ठू को अधमरा छोड़ा, मेरा पूरी दुनिया पर भरोसा खत्म हो गया था। किसी पर भरोसा करना बहुत मुश्किल होता है।

उस चिंता ने मुझे कभी नहीं छोड़ा। यह मुझे तब से खा रही है। मिट्ठू उस दिन भी घर नहीं लौटा था। सूरज बहुत पहले डूब गया था। तीन घंटे से अधिक का समय हो गया है, जब जे.जे. ने बताया कि मिट्ठू बस में चढ़ा है, तब कुछ राहत मिली। मैं जे.जे. पर विश्वास करती हूँ।

जस्सी के माता-पिता मेरे दोषी हैं। उन्होंने मुझसे मेरा सबकुछ छीन लिया। खासतौर पर उसकी माँ ने। वह भला अपनी ही बेटी की हत्या कैसे करवा सकती थी··· ? वह भी सिर्फ प्यार करने और माँ की मरजी के खिलाफ शादी करने के लिए··· ? क्या सिर्फ यही वजह थी··· ? क्या कोई इसके लिए अपने बच्चे को मार सकता है··· ? जब मैं जस्सी की माँ के बारे में सोचती हूँ, तो मेरे पेट में दर्द होने लगता है। ऐसा लगता है, जैसे कोई मेरी ही कोख चीर रहा हो!

जस्सी के कनाडा से अप्रैल 2000 में वापस आने के बाद मिट्ठू जस्सी को लेकर अपने नानके नरिके चला गया था। मिट्ठू के मामा ने दोनों से वादा किया था कि वह उन दोनों पर कोई आँच नहीं आने देगा।

मगर काश! मैंने शादी की रिसेप्शन पार्टी पर जोर न दिया होता! गाँव वालों की जिद पर मैंने 9 जून को अपने घर पर रिसेप्शन की पार्टी रखी थी। लेकिन दोनों के नसीब में यह दिन देखना लिखा ही नहीं था। मेरे दो कमरों के घर में रिसेप्शन पार्टी थी। जस्सी के रिश्तेदारों की हवेली के ठीक पीछे। वे जब जस्सी की शादी को सहन नहीं कर पा रहे थे, तो भला रिसेप्शन पार्टी को कैसे बरदाश्त करते··· ?

जस्सी के कनाडा से अप्रैल 2000 में वापस आने के बाद मिट्ठू जस्सी को लेकर अपने नानके नरिके चला गया था। मिट्ठू के मामा ने दोनों से वादा किया था कि वह उन दोनों पर कोई आँच नहीं आने देगा।

हम गरीब हैं। मुश्किल से दो एकड़ जमीन हमारे नाम पर है, जबकि उनके पास सैकड़ों एकड़ जमीन है। उन दिनों हमारे पास एक साइकिल और एक भैंस थी। उनके पास मोटरसाइकिल, स्कूटर, दो-तीन बड़ी कारें और कई ट्रैक्टर थे। हम अपने हाथों से कटाई करते थे। उनके पास कंबाइन हारवेस्टर थे।

हम हमेशा से आढ़तियों, साहूकारों के कर्जदार थे। जस्सी के चाचाओं ने ऊँचे ब्याज पर हमें पैसे उधार दे रखे थे। उनके पास लठैत थे। हमारे पास केवल हम खुद थे। उनके पास दो मंजिला हवेली थी। एक एकड़ में वाहनों के लिए फ्री कोर्ट यार्ड, खुला गोदाम, हाउंड नस्ल के कुत्ते। उनकी ऊँची चाहरदीवारी के भीतर दर्जनों मवेशी थे।

चाहरदीवारी के बिना हमारा दो कमरों का घर था··· । मैं कैसे सोच सकती थी कि उनके घर से एक राजकुमारी मेरे मिट्ठू को मिलेगी!

उसके साथ मिलेंगे उसके माता-पिता, रिश्तेदार, पुलिस, वकील और भगवान् जाने कौन-कौन··· !

रिसेप्शन से एक दिन पहले दोपहर में मिट्ठू ने मुझे फोन किया था। मैं उस फोन कॉल को कभी नहीं भूल सकती। उस जमाने में हमारे घर में लगे लैंडलाइन फोन से लोगों को बेहद जलन थी। कुछ ही घरों में यह सुविधा थी। जस्सी ने इसके लिए मोटी रकम अदा की थी। जस्सी को यह पसंद नहीं था कि उससे बात करने के लिए मिट्ठू को आधी रात या सुबह-सुबह किसी पब्लिक कॉलिंग बूथ पर जाना पड़े। मिट्ठू से बात करने के लिए अंतरराष्ट्रीय कॉल का खर्च भी उसके लिए मायने नहीं रखता था।

रिसेप्शन से एक दिन पहले दोपहर में मिट्ठू ने मुझे फोन किया था। मैं उस फोन कॉल को कभी नहीं भूल सकती। उस जमाने में हमारे घर में लगे लैंडलाइन फोन से लोगों को बेहद जलन थी। कुछ ही घरों में यह सुविधा थी। जस्सी ने इसके लिए मोटी रकम अदा की थी।

'जस्सी की माँ का फोन आया था···' एक दिन मिट्ठू ने बताया।

'क्या··· ? कैसे··· ? मेरा मतलब उसको कैसे पता चला कि तुम दोनों नरिके में हो ?'

'मुझे नहीं पता। किसी ने उसको बता दिया होगा। मेरे तो दोस्तों तक को भी नहीं पता कि मैं शादी के बाद से अपने नानके गाँव में छिपा हूँ···जाने दो। चिंता मत करो।' मिट्ठू ने कंधे उचकाकर कहा था।

'मेरे या रब्बा ! मेरा दिल डूब रहा है···।'

मुझे लगता है कि वे कुछ गड़बड़ करने वाले हैं। वह जस्सी के साथ तो प्यार से बात कर रही थी···पर मेरे साथ उसका लहजा रूखा और धमकी भरा था। उसने कहा कि मैंने सही नहीं किया। मैंने उसकी

बेटी चुरा ली और अब मुझे इसकी बड़ी कीमत चुकानी पड़ेगी।'

'रब खैर करे। तुम दोनों घर में रहो। चलो पार्टी रद्द करते हैं। तुम दोनों घर के अंदर रहो···' मैंने कहा।

'अरे नहीं···चिंता न कर माँ! जस्सी बहुत खुश है। उसकी माँ कहती है कि उसने मुझसे अपनी शादी मंजूर करा ली है। उसने यहाँ तक कहा है कि वह अपनी बेटी और दामाद के कनाडा पहुँचने का इंतजार कर रही है। वह बहुत खुश थी और खुशी से उछल पड़ी थी। उसकी माँ ने मुझसे जो कहा था, उसे बताने के लिए मेरे पास दिल नहीं है।'

'इसलिए···अब क्या···तुम क्या सोचते हो?'

'मुझें नहीं पता। जस्सी पार्टी के लिए नया सूट खरीदना चाहती है। इसके लिए वह मालेरकोटला जाना चाहती है। मुझे ये बातें समझ नहीं आतीं। लेकिन वह खुश है और मेरे लिए इतना ही काफी है। हम सूरज डूबने से पहले लौट आएँगे।'

'मुझें नहीं पता। जस्सी पार्टी के लिए नया सूट खरीदना चाहती है। इसके लिए वह मालेरकोटला जाना चाहती है। मुझे ये बातें समझ नहीं आतीं। लेकिन वह खुश है और मेरे लिए इतना ही काफी है। हम सूरज डूबने से पहले लौट आएँगे।'

मेरी आवाज दब गई थी। किसी अनजानी आशंका से मेरा मन घबरा रहा था। मेरे शब्द उसके जोश में दब गए थे '···तुसी ना जाओ···।'

'मुझे क्या होना है···' मिट्ठू ने कहा।

'या कम-से-कम···अकेले मत जाओ। मैं तेरे दोस्तों को भेजती हूँ साथ में। वो दोनों तुम लोगों के साथ चले जाएँगे।'

'चिंता न कर बीबी···मैंने पहले ही बिंदर को मालेरकोटला पहुँचने

को कह दिया है। यहाँ से 20 किलोमीटर तो है। मैं अपने दोस्तों के साथ रहूँगा···चिंता न कर।'

मैंने हार मान ली। मेरा दिल अनजानी आशंका से जोरों से धड़क रहा था। मैं उसे रोकना चाहती थी या उसको जल्दी से नारिके भेजना चाहती थी।

···पता नहीं उस दिन मैंने अपने दिल की क्यों नहीं सुनी···मैंने अपनी छठी इंद्रिय पर ध्यान क्यों नहीं दिया··· ?

और फिर वही हुआ, जिसके बारे में सोच-सोचकर मेरा दिल जोरों से धड़क रहा था। मेरा मिट्ठू···मेरा नन्हा सा मिट्ठू···अस्पताल में पट्टियों से बँधा पड़ा था। उसके नाक व मुँह में ट्यूब-ही-ट्यूब थी।

नर्स ने मुझे रोका। हर तरफ खून-ही-खून था। मिट्ठू बेहोश था। उसे होश में आने में दस दिन लगे। पुलिस आई और चली गई। पत्रकार आए और चले गए। मैं अकेली ही रोई। मैंने उन सभी को देखा, जो आए थे। लेकिन उनमें से कोई भी मुझे रोने के लिए कंधा नहीं दे सकता था। काश, मेरे पास मेरे पति का ही कंधा होता।

नर्स ने मुझे रोका। हर तरफ खून-ही-खून था। मिट्ठू बेहोश था। उसे होश में आने में दस दिन लगे। पुलिस आई और चली गई। पत्रकार आए और चले गए। मैं अकेली ही रोई। मैंने उन सभी को देखा, जो आए थे।

यहाँ तो लंबे टेढ़े-मेढ़े नाखूनों वाले बदरंग हाथ मेरे दिल को लगातार ऐसे निचोड़ रहे थे, जैसे वो एक नाजुक-सा अनार था और वे इसका सारा खून निकाल लेना चाहते थे!

'बहनजी···हमको आपसे बात करनी है।' मैंने एक नरम, लेकिन मजबूत आवाज सुनी। मैंने सिर उठाकर देखा। वह एक पुलिस वाला था। लेकिन वह कुछ अलग लग रहा था। उसकी आँखें दया से भरी थीं और

उसका चेहरा दृढ़ था। लगभग छह फीट लंबा, कोमल मूँछें और कटी हुई दाढ़ी।

पुलिस मुझे परेशान करती रही है। वो लोग हमेशा मेरे लिए बुरी खबर के अग्रदूत रहे हैं।

'मिट्ठू'''जस्सी'''जस्सी की माँ का फोन''' ' उस वक्त मेरे मुँह से पता नहीं क्या-क्या निकला'''मुझे खुद भी ठीक से याद नहीं है।

मुझे पता था कि कोई और ऐसा नहीं कर सकता था। लेकिन मैं चाहती थी कि वह इसकी पुष्टि करे। अगर सच में एक माँ ने अपनी बेटी के साथ ऐसा किया था, तो ये मेरे लिए जीते-जी मर जाने वाली बात थी।

'मैं इंस्पेक्टर स्वर्ण सिंह इस मामले में नया जाँच अफसर हूँ। आपका बेटा एक मजबूत लड़का है। यह चमत्कार ही है। ईश्वर की कृपा है कि वह इतने बड़े हमले में भी बच गया। तुम्हें तो उस पर गर्व होना चाहिए। हम दोषियों को जल्दी पकड़ लेंगे'''चाहे कुछ भी क्यों न हो जाए। अब मुझे वह सबकुछ बताओ, जो तुम जानती हो। चलो बाहर, एक-एक कप चाय पीते हैं''' ' उसने कहा।

□

5

आई.ओ. स्वर्ण सिंह—2017

हत्यारे ग्यारह थे, जबकि जस्सी और मिट्ठू केवल दो ही थे। उनके पास कोई हथियार, कोई सुरक्षा नहीं थी। काश, उस वक्त जस्सी की चीखें तलवारों में बदल जातीं! नियमों और तरकीबों से बँधे कबड्डी के मैदान पर अगर केवल मिट्ठू का सामना हमलावरों से होता, तो यह लड़ाई कुछ और ही होती!

लेकिन 8 जून की उस गहरे भूरे रंग की शाम को गाँव सहके के पास लव बर्ड्स पर हमला हुआ। उन्हें कुचल दिया गया। ठेके के हत्यारे उन पर ऐसे झपट पड़े, जैसे कि वे इनसान नहीं थे। जैसे उनकी रगों में खून नहीं था। उनकी हड्डियाँ तोड़ दी गईं।

मिट्ठू को हर झटके का दर्द आज भी महसूस होता है। जस्सी तो पहले वार में ही बेहोश हो गई थी। इतना कुछ हो जाने के बाद एक हमलावर लुधियाना और दूसरा कनाडा से फोन पर बात कर रहे थे।

'पैसे लो और दोनों को खत्म कर दो···' उधर से आदेश आया। 'दोनों को खामोश कर दो, जिन्होंने अपनी शर्तों पर जीने की जुर्रत की थी। जिन्होंने प्रेम करने का साहस किया था।' हालाँकि इस मर्डर की तफ्तीश मैंने ही की है। मगर इस बात की तकलीफ मुझे सबसे ज्यादा आज भी है कि मेरे ही एक साथी ने इस हत्याकांड की बुनियाद रखी थी। लुधियाना में मेरे एक सहयोगी सब-इंस्पेक्टर जोगिंदर सिंह ने ही कनाडा

में रहने वाली जस्सी की माँ और मामा के लिए ग्यारह कॉन्ट्रैक्ट किलर्स का इंतजाम किया था। रक्षक ही भक्षक बन गया था।

और तब से जस्सी की माँ और मामा दोनों आज तक इस मामले में पुलिस जाँच का सामना करने के बजाय खुले घूम रहे हैं। सत्रह साल! यह अवधि कम नहीं होती। एक छोटा सा बच्चा बालिग हो जाता है।

मगर कनाडा सरकार ने मुकदमे का सामना करने के लिए जस्सी की माँ और मामा को भारत प्रत्यार्पित नहीं किया, तो नहीं किया। इन दोनों को गिरफ्तार करने में ही पुलिस को बारह साल लग गए। शुरू में मुझे लगता था कि गिरफ्तारी के बाद भारत में उनका प्रत्यर्पण हो जाएगा। मगर कनाडा सरकार तो दोनों को लंबे समय तक सलाखों के पीछे भी नहीं रख सकी। क्या इस तरह काम करती है फर्स्ट वर्ल्ड न्याय प्रणाली... ? क्या इन लोगों को कभी प्रत्यार्पित किया जा सकेगा...क्या यह मेरी सेवा के दौरान हो पाएगा, ताकि मैं भी उनसे कुछ सवाल कर सकूँ? क्या यह मेरे जीवनकाल में मुमकिन है... ?

मगर कनाडा सरकार ने मुकदमे का सामना करने के लिए जस्सी की माँ और मामा को भारत प्रत्यार्पित नहीं किया, तो नहीं किया। इन दोनों को गिरफ्तार करने में ही पुलिस को बारह साल लग गए। शुरू में मुझे लगता था कि गिरफ्तारी के बाद भारत में उनका प्रत्यर्पण हो जाएगा।

प्रत्यर्पण की अनुमति सिर्फ दुर्लभतम मामलों में ही दी जाती है। मगर इस मामले से दुर्लभ भला और क्या हो सकता है? बेटी का बदन फाड़ देने वाले भूखे भेड़ियों की दावत सजाती एक माँ! बेटी को जन्म देने वाली माँ। मैंने अपने कॅरियर में गंभीर-से-गंभीर अपराध देखे हैं, मगर जस्सी और मिट्ठू की दुर्दशा जैसा मामला मैंने आज तक नहीं देखा। यह वारदात आज भी मेरी आत्मा को हिला देती है। उस भयानक

घटना की कल्पना करके आज भी मेरे रोंगटे खड़े हो जाते हैं।

मिट्ठू ने आज फोन किया, 'वीरजी! आपको 'फॉल्स पुलिस केस कमीशन' में समन किया जा सकता है।'

'तुम्हारा मतलब झूठे मामलों के खिलाफ आयोग में?' मैंने पूछा।

'हाँ...पर मुझे पता नहीं है कि यह आयोग काम कैसे करता है?'

'मिट्ठू ने याचिका दायर की है। लेकिन उसे आयोग या याचिका के बारे में ज्यादा न तो याद है और न ही पता है।'

'जे.जे. वीरजी ने सबकुछ किया है जी! मैंने तो कागजों पर दस्तखत किए और जज के सामने पेश हो गया।'

मैंने आह भरी। मुझे डर लगता है कि पता नहीं उसने किन दस्तावेजों पर दस्तखत किए होंगे? मुझे मिट्ठू की इन्हीं हरकतों से डर लगता है। खासकर जब वह ऐसे दस्तावेजों पर दस्तखत करता है। मुझे जे.जे. से पूछना पड़ेगा। बेशक अगर मुझे बुलाया गया तो मैं जाऊँगा। जब तक अपराधी जेलों में सड़ नहीं जाते, तब तक मेरा जीवन अधूरा ही रहेगा।

मैंने आह भरी। मुझे डर लगता है कि पता नहीं उसने किन दस्तावेजों पर दस्तखत किए होंगे? मुझे मिट्ठू की इन्हीं हरकतों से डर लगता है। खासकर जब वह ऐसे दस्तावेजों पर दस्तखत करता है। मुझे जे.जे. से पूछना पड़ेगा। बेशक अगर मुझे बुलाया गया तो मैं जाऊँगा।

पहली बार मैं मिट्ठू से वारदात के दस-बारह दिन बाद मिला था। इससे एक दिन पहले एसएसपी जतिंदर औलख साहब ने मुझे मिट्ठू और जस्सी मामले की तहकीकात करने को कहा था।

'लेकिन मैं तो धूरी में तैनात हूँ और यह वारदात अमरगढ़ स्टेशन के एरिया में हुई है सर...' मैंने कहा था।

'मुझे पता है···।' उन्होंने गहरी साँस ली और वापस अपनी कुरसी पर बैठ गए। उनकी भारी पगड़ी उसके चौड़े कंधों पर जँच रही थी। फूले हुए गाल उनकी अच्छी तरह बँधी दाढ़ी के ऊपर चमक रहे थे। उनकी मूँछें लंबी और मोटी थीं, जो उनके प्रभावशाली व्यक्तित्व को बढ़ा रही थीं।

उन्होंने मेरी तरफ नजर घुमाई, 'यह रेगुलर क्राइम नहीं है। जस्सी नाम की लड़की कनाडा की नागरिक थी। इस मामले में कनाडा दूतावास भी शामिल है। हमारे मीडिया के साथ-साथ विदेशी मीडिया भी इस मामले में काफी दिलचस्पी दिखा रहा है। साथ ही सरकार यह दिखाने की कोशिश कर रही है कि वह भी योग्यता के आधार पर जाँच कर रही है। लेकिन इतने दिन हो गए हैं और अभी तक कोई सफलता नहीं मिली है।'

मैं उनके दफ्तर में भूरे रंग की स्मोक्ड टॉप भव्य मेज के सामने बैठा था। उन्होंने बोलना जारी रखा। उनकी बाईं ओर चार लैंडलाइन फोन टेबल के एक एक्सटेंशन पर रखे थे। एक मोबाइल फोन टेबल पर रखा था, जो उन दिनों एक स्टेटस सिंबल माना जाता था।

मैं उनके दफ्तर में भूरे रंग की स्मोक्ड टॉप भव्य मेज के सामने बैठा था। उन्होंने बोलना जारी रखा। उनकी बाईं ओर चार लैंडलाइन फोन टेबल के एक एक्सटेंशन पर रखे थे। एक मोबाइल फोन टेबल पर रखा था, जो उन दिनों एक स्टेटस सिंबल माना जाता था।

वे बात मुझसे कर रहे थे, मगर उनकी नजरें अपने मोबाइल फोन पर थीं···

'मैं सोच रहा हूँ···हत्यारों ने अपने आकाओं से बात कैसे की होगी···' औलख ने कहा। मेरे दिमाग ने पहले ही मामले को अपने हाथ

में ले लिया था। हमें एक ऐसे अधिकारी की जरूरत है, जो न सिर्फ इस जाँच से, बल्कि कानून से भी वाकिफ हो। मुझे बताया गया है कि आपके पास कानून की डिग्री है···और आप अंग्रेजी में बातचीत भी कर लेते हो··· यानी आप विदेशी मीडिया को भी सँभाल सकते हो···।'

'और हाँ···जस्सी के साथ रेप हुआ हो सकता है, लेकिन पोस्टमार्टम में सीमन नहीं मिला है। हमें सभी कोणों से देखने की जरूरत है। ये है केस फाइल···' उन्होंने एक भूरे रंग के कवर की फाइल मेरी तरफ बढ़ाई।

'सर···केस लेने से पहले मेरा एक अनुरोध है···' फाइल थामते मैंने निवेदन किया।

जवाब में उन्होंने अपनी भौंहें तान लीं। उनकी आँखों में कई सवाल थे।

'जब मैं किसी मामले को सँभालता हूँ, तो मुझे किसी भी किस्म की दखलअंदाजी बरदाश्त नहीं होती। मैं बाहरी दबाव से मुक्त होकर ही जाँच कर सकता हूँ। आपको मुझ पर भरोसा करना होगा सर···' मैंने जवाब दिया।

'जब मैं किसी मामले को सँभालता हूँ, तो मुझे किसी भी किस्म की दखलअंदाजी बरदाश्त नहीं होती। मैं बाहरी दबाव से मुक्त होकर ही जाँच कर सकता हूँ। आपको मुझ पर भरोसा करना होगा सर···' मैंने जवाब दिया।

'आपका रिकॉर्ड साफ है। आपको मेरा समर्थन है। मुझे यकीन है कि आप किसी भी ऑफर के बहकावे में नहीं आएँगे···' औलख साहब ने मेरी आँखों में झाँकते हुए कहा।

'कभी नहीं सर···नेवर।' मैं खड़ा हुआ। उन्हें सेल्यूट किया और फाइल लेकर बाहर चला आया।

वह ब्राउन केस फाइल आज तक मेरे पास है। बेशक ओरिजनल कॉपी अदालत में जमा कर दी जाती है, लेकिन उसका कवर आज भी मेरे पास महफूज है।

मुझे कितनी ही बार रिश्वत की पेशकश की गई थी। इस मामले में मेरी जान तक का खतरा था। उन्होंने मेरी जान की कीमत दो करोड़ रुपए लगाई थी। कनाडा या किसी भी देश में प्रोपर्टी, जहाँ भी मैं चाहता, मुझे मिल सकती थी।

'आप इस पैसे से क्या नहीं कर सकते··· ?' मुझसे एक बार पूछा गया—'मुझे इस सबसे क्या मिलेगा··· ?'

'सुकून भरी नींद···' मैंने जवाब दिया।

मेडिकल की भाषा में कहें तो शायद ही ऐसा कोई घाव था, जो मिट्ठू के शरीर पर नहीं था। गहरे कट, घसीटने के घाव, टूटी हड्डियाँ, मोच, खिंचाव और चटकी खोपड़ी! घाव माथे से शुरू होकर गरदन के पिछले हिस्से पर खत्म हुआ था। उसके दाहिने हाथ की अनामिका काट दी गई थी। चाकू ने उसके हाथ को लगभग आधा काट दिया था। उसकी बाँहों और छाती पर लंबे गहरे घाव थे।

मेडिकल की भाषा में कहें तो शायद ही ऐसा कोई घाव था, जो मिट्ठू के शरीर पर नहीं था। गहरे कट, घसीटने के घाव, टूटी हड्डियाँ, मोच, खिंचाव और चटकी खोपड़ी! घाव माथे से शुरू होकर गरदन के पिछले हिस्से पर खत्म हुआ था। उसके दाहिने हाथ की अनामिका काट दी गई थी।

इसके बावजूद मिट्ठू जिंदा था। मरा समझकर उन्होंने उसे खुले मैदान में फेंक दिया था। कुछ दिन पहले पास के खेत में गेहूँ की कटाई की गई थी और धान की बुआई के लिए खेत को खुला छोड़ा गया था। मिट्ठू और जस्सी की चीखें दो ग्रामीणों ने सुनी थीं। उन्होंने मिट्ठू की मदद की थी। लहूलुहान मिट्ठू को जैसे-तैसे स्कूटर पर लादकर दोनों उसे नरिके गाँव पहुँचा गए थे। इसके कई दिनों बाद मिट्ठू ने अपनी आँखें खोलीं।

···और जस्सी···उसकी लाश करीब 36 घंटे बाद 8 जून की शाम को मौका-ए-वारदात से करीब 70 किलोमीटर दूर संगोवाल गाँव के टोबे में मिली थी, जिसमें चिलचिलाती गरमी के बावजूद उसके शरीर के तमाम महत्त्वपूर्ण सबूतों को नष्ट करने के लिए काफी पानी था। उसके चेहरे पर लगे एक लंबे घाव ने उसके खूबसूरत चेहरे को पूरी तरह से बिगाड़ दिया था। एक गहरा घाव उसकी छाती के बीच में लगा था। हत्यारों ने मुझे बाद में बताया कि जस्सी ने उनके सामने आत्म समर्पण नहीं किया था। वह डरी हुई बिल्कुल नहीं थी।

हत्यारों ने मौके पर फोन से जस्सी की बात उसकी माँ से करवाई, 'देख··· यह तेरी जिद का ही नतीजा है। तुझे कहा था, तू उस लड़के से शादी ना कर···अब देख···' उसकी माँ ने उसका मजाक उड़ाया था।

जस्सी ने दहाड़ते हुए कहा 'मैं तुम सबको कभी माफ नहीं करूँगी।'

'अभी भी वक्त है। वापस आ जा। ये लोग तुझे चाचा के घर छोड़ देंगे। फिर हम तुझे कनाडा ले आएँगे। मिट्ठू मर गया···उसको भूल जा।'

'कभी नहीं। तुम मेरी जान ले सकते हो, लेकिन मैं तुम जानवरों के पास कभी नहीं लौटूँगी···' जस्सी दहाड़ी थी।

'अभी भी वक्त है। वापस आ जा। ये लोग तुझे चाचा के घर छोड़ देंगे। फिर हम तुझे कनाडा ले आएँगे। मिट्ठू मर गया···उसको भूल जा।'

'कभी नहीं। तुम मेरी जान ले सकते हो, लेकिन मैं तुम जानवरों के पास कभी नहीं लौटूँगी···' जस्सी दहाड़ी थी।

हमलावरों में से एक ने जस्सी से फोन छीन लिया, 'हम इसके साथ क्या करें··· ? आपने हमें मिट्ठू को मारने के लिए कहा था, इसको नहीं···।'

'ठीक है'''तुम लोगों के लिए यह एक लड़की है। तुम उसके साथ जो चाहो करो। बस ये पक्का हो जाना चाहिए कि यह खामोश हो जाए हमेशा के लिए।'

बाद में'''उनमें से एक ने मुझे बताया था कि जस्सी की माँ ने ही उन्हें जस्सी के साथ बर्बरता करने का हुक्म दिया था। तब मेरी रीढ़ की हड्डी तक में जैसे ठंडी लहर दौड़ गई थी।

जब किसी का गला काटा जाता है, तो मरने वाला चीख भी नहीं पाता। खून उसकी श्वास नली और फेफड़ों में चला जाता है और मरने वाला चंद पलों में दम तोड़ देता है। हमलावर यहीं नहीं रुके थे। उसके स्तनों तक पर वार किए गए। ये घाव उसके माँ-बाप की मरजी के खिलाफ जाने की सजा थी।

भले ही आपके पास दुनिया का सबसे कठोर दिल ही क्यों न हो, लेकिन अगर आप जस्सी की लाश पर बने निशानों को देखते, तो आप भी काँप जाते। हत्यारों ने तलवार से उसके शरीर पर तीन गहरे घाव किए थे। उसके चेहरे को उसकी नाक से दो हिस्सों में काट दिया गया था। गरदन के नीचे बड़े चीरे का निशान था। शायद इसी से उसकी मौत हुई थी।

जब किसी का गला काटा जाता है, तो मरने वाला चीख भी नहीं पाता। खून उसकी श्वास नली और फेफड़ों में चला जाता है और मरने वाला चंद पलों में दम तोड़ देता है। हमलावर यहीं नहीं रुके थे। उसके स्तनों तक पर वार किए गए। ये घाव उसके माँ-बाप की मरजी के खिलाफ जाने की सजा थी।

फाइल में तीन एफआईआर थीं। मिट्ठू की मेडिकल रिपोर्ट, जस्सी की पोस्टमार्टम रिपोर्ट और मिट्ठू का बयान, जिसमें जस्सी की माँ और मामा पर हमले की पूरी स्क्रिप्ट लिखने का आरोप लगाया गया था। उसे

पूरी घटना बताने में सात दिन लगे। वह जस्सी के लिए रोता रहा और बार-बार बेहोश होता रहा। मिट्टू की माँ और अन्य लोगों ने उसे बताया था कि जस्सी घायल हो गई थी, लेकिन जीवित थी और उसका इलाज चल रहा था। लेकिन उसे उन पर विश्वास नहीं था। कई बार उसने पाइप खींचकर अस्पताल के बिस्तर से बाहर निकलने की कोशिश भी की। मगर उसके पैर उसका वजन नहीं उठा पा रहे थे। जस्सी को अब वापस कौन ला सकता था?

मुझे जगराँव जिले में मिट्टू-जस्सी मामले की सन् 2000 में दर्ज पहली एफआईआर का रिकॉर्ड मिला। इस एफआईआर में सुखविंदर सिंह उर्फ मिट्टू पर जस्सी का अपहरण करने और बाबा बकाला के एक गुरुद्वारे में उससे जबरन शादी करने का आरोप लगाया गया था। शादी की तारीख 16 मार्च, 1999 थी। मिट्टू और जस्सी के साथ रहने के एक साल से भी अधिक समय पहले की।

मुझे जगराँव जिले में मिट्टू-जस्सी मामले की सन् 2000 में दर्ज पहली एफआईआर का रिकॉर्ड मिला। इस एफआईआर में सुखविंदर सिंह उर्फ मिट्टू पर जस्सी का अपहरण करने और बाबा बकाला के एक गुरुद्वारे में उससे जबरन शादी करने का आरोप लगाया गया था।

मुझे लगा कि जस्सी ने अपनी शादी अपने माता-पिता से छुपाई थी। उसके परिवार को इसके बारे में बाद में तब पता चला होगा, जब उसने मिट्टू को उसकी पत्नी होने के आधार पर कनाडा ले जाने की कोशिश की होगी। जब जस्सी ने अदालत में बयान दिया कि वह और जस्सी वयस्क थे एवं दोनों ने अपनी मरजी से शादी की थी, तब इस एफआईआर को रद्द कर दिया गया।

दूसरी एफआईआर 9 जून, 2000 को मिट्टू की हत्या की कोशिश के लिए की गई थी। एफआईआर में उसकी पत्नी का उल्लेख किया

गया था, जो हमले की जगह से अपहरण के बाद से लापता थी। यह एफआईआर संगरूर थाना क्षेत्र के अमरगढ़ थाने में दर्ज की गई।

तीसरी एफआईआर 10 जून को दर्ज की गई थी, जब जस्सी का शव संगोवाल गाँव के पास मिला था। यह रिपोर्ट लुधियाना जिले के सदर थाने में दर्ज की गई थी।

तीन अलग-अलग जिलों में तीन अलग-अलग मामले। सभी मिट्ठू और जस्सी से जुड़े थे। पंजाब के हरेक पुलिस जिले का अपना अधिकार क्षेत्र और जिला पुलिस प्रमुख है, जिसे एसएसपी के तौर पर जाना जाता है। ये जिले एक रेंज के तहत आते हैं, और बाद में एक जोन के तहत। आखिर में टॉप बॉस डीजीपी यानी डायरेक्टर जनरल ऑफ पुलिस होता है।

पुलिस जिले एक-दूसरे के अधिकार क्षेत्र में हस्तक्षेप नहीं करते। वे रेंज अधिकारी के निर्देशों पर अकसर डीआईजी या जोनल आईजी के पद पर संयुक्त ऑपरेशन करते हैं। आखिर में जाँच रिपोर्ट डीजीपी तक पहुँचाई जाती है। इस मामले में दो जिले थे—पहला लुधियाना और दूसरा संगरूर।

पुलिस जिले एक-दूसरे के अधिकार क्षेत्र में हस्तक्षेप नहीं करते। वे रेंज अधिकारी के निर्देशों पर अकसर डीआईजी या जोनल आईजी के पद पर संयुक्त ऑपरेशन करते हैं। आखिर में जाँच रिपोर्ट डीजीपी तक पहुँचाई जाती है। इस मामले में दो जिले थे—पहला लुधियाना और दूसरा संगरूर।

हर जिले में एक विशेष अपराध जाँच इकाई होती है, जिसे सीआईए यानी 'केंद्रीय जाँच एजेंसी' कहा जाता है। यह एजेंसी ऐसे ही जघन्य अपराधों की जाँच करती है।

इस मामले में वारदात की शुरुआत सहके गाँव से हुई, जहाँ मिट्ठू पर हमला हुआ था। जबकि जस्सी का शव लुधियाना जिले के संगोवाल

गाँव के पास बाद में पड़ा मिला था। ऐसी घटनाओं का पता लगाना आसान नहीं होता, जहाँ पुलिस वाले एक थकाऊ जाँच की सिरदर्दी से बचने के लिए लाशों को दूसरे पुलिस जिले के अधिकार क्षेत्र में फेंक देते हैं।

मगर इस मामले का सबसे दिलचस्प पहलू यह था कि लुधियाना पुलिस मिट्ठू पर जानलेवा हमले समेत पूरी जाँच को अपने हाथ में लेने की इच्छुक थी। सीआईए के प्रमुख सब-इंस्पेक्टर जोगिंदर सिंह थे। यह असामान्य सी बात थी। हैरानी की बात यह थी कि लुधियाना पुलिस इस मामले से पीछा छुड़ाने के बजाय इसकी जाँच करना चाहती थी! उस समय तक मुझे यह पता नहीं था कि इस वारदात में सब-इंस्पेक्टर जोगिंदर सिंह की भूमिका ही सबसे बड़ी थी! मैंने 20 जून की सुबह मिट्ठू से पूछताछ शुरू की।

मगर इस मामले का सबसे दिलचस्प पहलू यह था कि लुधियाना पुलिस मिट्ठू पर जानलेवा हमले समेत पूरी जाँच को अपने हाथ में लेने की इच्छुक थी। सीआईए के प्रमुख सब-इंस्पेक्टर जोगिंदर सिंह थे। यह असामान्य सी बात थी।

'...जस्सी तुमको कनाडा ले जा सकती थी। ऐसा क्यों नहीं हुआ... ?' जब मैं अस्पताल के बिस्तर पर मिट्ठू के बगल में एक स्टूल पर बैठा तो वह फाइल मेरी गोद में थी। वह सिर से पाँव तक पट्टियों से ढका हुआ था। उसके जिस्म का ज्यादातर हिस्सा मुश्किल से नजर आ रहा था।

'...कोशिश की थी। लेकिन मुझे पुलिस क्लियरेंस नहीं मिली थी। जस्सी के माता-पिता नहीं चाहते थे कि मैं कनाडा पहुँचूँ। जगराँव पुलिस हमेशा उनके साथ थी। उन्होंने मेरे चरित्र के बारे में एक गुप्त खुफिया रिपोर्ट तैयार करवाई थी। उन्होंने कहा था कि मुझे और मेरे परिवार को पंजाब आतंकवाद आंदोलन के प्रति सहानुभूति थी। जबकि हकीकत यह

थी कि हम तो खुद आतंकवाद पीड़ित थे! बाद में उन्होंने मेरे खिलाफ जस्सी को शादी के लिए मजबूर करने की एफआईआर दर्ज करवाई थी। इसके बाद उन्होंने मेरा वीजा रोक दिया था।'

लोकल पुलिस एक खुफिया कैरेक्टर रिपोर्ट तैयार करती है। यह जाँच जगराँव पुलिस कर रही थी। उन्होंने पड़ोसियों, ग्राम पंचायत प्रमुख और निश्चित रूप से पुलिस मुखबिरों के ही बयान लिये होंगे। पूछताछ में मुझे दो ग्रामीणों के नाम जानने में देर नहीं लगी। ये नाम थे, जस्सी के मामा सुरजीत सिंह बदेशा के दोनों रिश्तेदार दर्शन सिंह और हरदेव सिंह।

लोकल पुलिस एक खुफिया कैरेक्टर रिपोर्ट तैयार करती है। यह जाँच जगराँव पुलिस कर रही थी। उन्होंने पड़ोसियों, ग्राम पंचायत प्रमुख और निश्चित रूप से पुलिस मुखबिरों के ही बयान लिये होंगे। पूछताछ में मुझे दो ग्रामीणों के नाम जानने में देर नहीं लगी।

दर्शन सिंह की बेटी की शादी बदेशा के बेटे से हुई थी। हरदेव और दर्शन सिंह चचेरे भाई थे। मुझे पता चला कि हरदेव को उन दिनों इलाके के एसएचओ के साथ खूब देखा जाता था। मुझे संदेह है कि वही मिट्ठू की कैरेक्टर रिपोर्टों के पीछे था।

अगला काम हरदेव सिंह, दर्शन सिंह और बदेशा के साथ-साथ जस्सी की माँ के फोन नंबर हासिल करना था। मेरे एक कांस्टेबल को इन नंबरों की कॉल डिटेल निकालने का काम सौंपा गया। कॉल डिटेल हासिल करने के लिए हमें एडीजीपी-इंटेलिजेंस से मंजूरी की जरूरत थी। तीन दिनों के बाद हमें सारी कॉल डिटेल मिल गईं।

हरदेव, दर्शन, बदेशा और जस्सी की माँ मलकीत कौर के कनाडा वाले लैंडलाइन नंबर पर लगातार एक-दूसरे को फोन कर रहे थे। इसके अलावा कुछ दूसरे मोबाइल फोन नंबर भी थे, जो पिछले कुछ दिनों से

ज्यादा ही एक्टिव थे। इन नंबरों के बीच 290 पेजों की फोन कॉल की गई थी। मोबाइल फोन लोकेशन टावर सहके और संगोवाल में अपराध स्थलों के आसपास पाए गए थे। ये मोबाइल नंबर कॉन्ट्रेक्ट किलर्स के हो सकते थे। इन तमाम नंबरों के अलावा लुधियाना के सीआईए इंचार्ज जोगिंदर सिंह का नाम भी शामिल था। इन सब नंबरों पर कई-कई बार फोन हुए थे। एक पैटर्न उभरा। संदिग्ध मेरी आँखों के सामने घूम गए।

सबसे पहले हमने हरदेव सिंह को पूछताछ के लिए चुना। मुझे उससे बात करने में देर नहीं लगी। इसके बाद तो एक के बाद एक पूरी तसवीर साफ होती गई। बदेशा ने दर्शन सिंह और अन्य को मिट्ठू को खत्म करने के लिए कहा था। दर्शन ने आगे जोगिंदर सिंह से संपर्क किया, जो एक रियल एस्टेट एजेंट अनिल कुमार के गिरोह को जानता था। यह गिरोह जमीन हथियाने का काम करता था।

सबसे पहले हमने हरदेव सिंह को पूछताछ के लिए चुना। मुझे उससे बात करने में देर नहीं लगी। इसके बाद तो एक के बाद एक पूरी तसवीर साफ होती गई। बदेशा ने दर्शन सिंह और अन्य को मिट्ठू को खत्म करने के लिए कहा था। दर्शन ने आगे जोगिंदर सिंह से संपर्क किया, जो एक रियल एस्टेट एजेंट अनिल कुमार के गिरोह को जानता था।

मेरी टीम ने एक-एक करके सभी आरोपियों को फँसाया। आखिरी नंबर सब इंस्पेक्टर जोगिंदर सिंह का था। उसकी गिरफ्तारी सबसे कठिन काम था। हमें बेहद सावधानी से चलना था। एक गलती से हमारे ऊपर ही पलटवार हो सकता था। मैं और मेरे वरिष्ठ अधिकारी तो इससे भी बदतर होने तक की आशंका जता रहे थे!

उन दिनों पंजाब के डीजीपी एस.एस. विर्क साहब थे। उन्होंने जोगिंदर सिंह के खिलाफ मुकदमा चलाने की अनुमति दे दी। अब हमारा

रास्ता साफ था। पूछताछ के दौरान सभी आरोपियों ने बताया कि जस्सी की माँ मलकीत कौर और मामा सुरजीत सिंह बदेशा ने उन्हें यह काम सौंपा था।

योजना साफ थी। उन्हें मिट्ठू को खत्म करना था और जस्सी का अपहरण करके वापस कनाडा पहुँचाना था। मिट्ठू की लाश को लुधियाना पुलिस के अधिकार क्षेत्र में फेंका जाना था। लुधियाना सीआईए प्रभारी जोगिंदर सिंह जाँच अधिकारी होता और वह मामले को अनसुलझा डिक्लेयर कर देता।

□

6

फैसला

मार्च 2020

आखिरकार दिल को सुकून देने वाली खबर आई। 'फर्जी मामले जाँच आयोग' ने मेरे पक्ष में फैसला सुना दिया। बरसों से मैं पुलिस से छिपता रहा। जैसे ही फैसला आया, जे.जे. ने मुझे चेतावनी दी कि कोई भी प्रतिक्रिया हो सकती है। वही हुआ। अगली ही सुबह पुलिस मेरे घर पर थी। उन्होंने कहा कि मेरे खिलाफ दर्ज कराई गई शिकायत में पुलिस को मेरी जरूरत है। राणा को भी भूमिगत होना पड़ा। राणा ने मेरे लिए बहुत कुछ सहा है, बहुत झेला है।

यह पुलिस का पुराना पैटर्न है। वे धमकाते हैं, परेशान करते हैं। मेरे थाने जाने तक छापेमारी जारी रहती है। वे मुझे तुरंत पीटना शुरू नहीं करते। वे विनम्र बने रहते हैं। मेरी कहानी के लिए हमदर्दी जताते हैं। लेकिन मैंने बहुत पहले ही जान लिया है कि ऐसे अहसानों का मतलब वास्तव में होता क्या है ? वे ऐसी भाषा में बात करते हैं, जो एक ही साँस में लुभाती भी है और साथ ही धमकी भी देती है।

'...हम तेरी मदद करना चाहते हैं। आखिर तू इस दुःख को खत्म क्यों नहीं करना चाहता ? तू अच्छी तरह जानता है, हम तुझसे क्या चाहते हैं ? अपनी बूढ़ी माँ और अपने छोटे भाई के बारे में सोच ! क्या जिंदगी हो गई है उनकी ? तेरी खातिर दोनों पुलिस थानों और अदालतों के चक्कर लगा रहे हैं।'

कई बार पुलिस और ग्रामीणों···यहाँ तक कि लोकल नेताओं तक ने मुझसे सौदा करने की कोशिश की। मैं कनाडा के अलावा किसी भी पश्चिमी देश में दो करोड़, 15 एकड़ जमीन और वीजा प्लस टिकट ले सकता था। बदले में मुझे कोर्ट में बयान देना था कि जस्सी की माँ हमसे खुश थी। मुझे कहना था कि जस्सी और मेरे साथ लूट हुई थी। हमलावर कोई कॉन्ट्रेक्ट किलर नहीं, बल्कि लुटेरे थे। जस्सी की माँ शादी के खिलाफ नहीं थीं। यह सब एक दुखद गलतफहमी थी। मानो उसने मेरे प्यार को नहीं मारा था!

···जरा सोचिए, अगर मैं यह बयान कोर्ट में दे दूँ···और फिर जब परियों की दुनिया में मेरा सामना जस्सी से होगा, तो मैं उसको क्या मुँह दिखाऊँगा? जिस लड़की ने मेरे लिए मौत को गले लगा लिया। अपनी माँ का हुक्म मानने के बजाय मरने का फैसला किया, उस लड़की के लिए मैं ऐसे शब्दों को कैसे बोल सकता था?

मैं अपने शरीर के अंदर कब तक रह सकता हूँ? अभी तो मेरी आत्मा के घावों तक का इलाज होना बाकी है। वह अभी तक लहूलुहान है। वह हर पल चिल्लाती है··· बदला···न्याय के लिए बदला!

मैं अपने शरीर के अंदर कब तक रह सकता हूँ? अभी तो मेरी आत्मा के घावों तक का इलाज होना बाकी है। वह अभी तक लहूलुहान है। वह हर पल चिल्लाती है···बदला···न्याय के लिए बदला!

मगर उन्होंने जो किया, उसके लिए उन्हें कोई शर्म नहीं है। कोई पछतावा नहीं है। वे पैसे, जमीन, फॉरेन के सुख के अपने लालच के साथ जिंदा हैं। उनकी बेशर्मी का ढेर दिन-पर-दिन बढ़ता जा रहा है।

'अगर तुम मेरे टुकड़े-टुकड़े भी कर दो, तो भी मैं उसे कभी धोखा नहीं दूँगा।'

मैंने देखा···जस्सी एक दिन मेरी तड़प देखकर मुसकरा रही थी···

मैंने उससे कहा, मैंने खुद को लॉकअप में कैदी की लंबी रात के लिए तैयार कर लिया है। शायद यही सच भी था।

मुझे नहीं लगता कि उन्हें कभी विश्वास भी हुआ होगा कि आयोग उनके खिलाफ भी जा सकता था! लेकिन ऐसा हुआ। यह घोर आश्चर्य था। रिटायर्ड जस्टिस मेहताब सिंह गिल और जस्टिस बी.एस. मेहँदीरत्ता ने 12 मार्च को आदेश जारी किया। उन्होंने फैसला सुनाया—

'हमारा विचार है कि शिकायतकर्ता जगराँव के काउंके खोसा निवासी मिट्ठू को अनावश्यक रूप से प्रताड़ित किया जा रहा है। उसे पर्याप्त मुआवजा दिया जाना चाहिए। यह मुआवजा पुलिस अधिकारियों से वसूल किया जाना चाहिए।' साथ ही मिट्ठू के खिलाफ झूठे मामले दर्ज करने वाले पुलिस अधिकारियों के खिलाफ सीआरपीसी की दफा 182 के तहत कार्रवाई शुरू की जानी चाहिए। मैंने व्हाट्सएप पर जे.जे. का संदेश पढ़ा। मैंने इसे अपने भाई राणा और अपने मित्र बिंदरी को भी पढ़ाया।

जिस दिन मैंने पहली बार जस्सी को देखा, बिंदरी मेरे साथ ही था। फिर जब मैं जस्सी से उसके प्रेमी के रूप में मिला, तब भी वह मेरे साथ था। जब मैंने जस्सी को मिलने के लिए रात को उसके घर में कदम रखा, तब भी वो बाहर पहरा दे रहा था।

जिस दिन मैंने पहली बार जस्सी को देखा, बिंदरी मेरे साथ ही था। फिर जब मैं जस्सी से उसके प्रेमी के रूप में मिला, तब भी वह मेरे साथ था। जब मैंने जस्सी को मिलने के लिए रात को उसके घर में कदम रखा, तब भी वो बाहर पहरा दे रहा था। वो तब भी मेरे साथ था, जब पुलिस ने मुझे नंगा करके बेइज्जत किया और पीटा था; तब भी जब जस्सी को मुझसे दूर करने की कोशिश की गई। काश, उस मनहूस शाम को भी बिंदरी मेरे साथ होता! वह उस अभागी शाम को हम दोनों को

मालेरकोटला से मेरे नानके नारिके ले जाना चाहता था। अगर वह मेरे साथ होता तो शायद उस दिन हम जस्सी को बचा लेते। हो सकता है कि बिंदरी दूर से ही हत्यारों को देख लेता! हो सकता है कि जब कोई गवाह होता, तो हत्यारे हमला नहीं कर पाते…हो सकता है…।

बिंदरी ने कहा, 'ये नए फोन…यार, ये बहुत ही कमाल के हैं। जे.जे. ने आयोग के आदेशों की फोटो ली और अगले मिनट ये हमारे फोन में हैं। नहीं तो…याद करो, ऐसे ऑर्डरों की कॉपी हासिल करने में हमको कितने दिन लग जाते थे? काश, उन दिनों में भी हमारे पास व्हाट्सएप होता!'

मगर मेरे पास तो लैंडलाइन फोन भी नहीं था। यह सुविधा तो सिर्फ गाँव के सरपंच के पास थी या बदेशा के घर। मुझे याद है, बिंदरी और मैं आधी रात के बाद जगराँव में मेरे दूसरे करीबी दोस्त सोनी के पीसीओ तक लगभग बीस किलोमीटर साइकिल चलाते थे…जस्सी से बात करने के लिए…।

मगर मेरे पास तो लैंडलाइन फोन भी नहीं था। यह सुविधा तो सिर्फ गाँव के सरपंच के पास थी या बदेशा के घर। मुझे याद है, बिंदरी और मैं आधी रात के बाद जगराँव में मेरे दूसरे करीबी दोस्त सोनी के पीसीओ तक लगभग बीस किलोमीटर साइकिल चलाते थे… जस्सी से बात करने के लिए…।

यादें खुलकर दौड़ने लगती हैं। पीसीओ या पब्लिक कॉल ऑफिस उन दिनों किसी भी कस्बे या शहर की रीढ़ होते थे। ये छोटी दुकानें थीं। दुकान का मालिक एक बहुत ही प्रभावशाली अंदाज में मेज पर चुपचाप बैठा रहता था, जिसमें प्लास्टिक की कुरसियों को सामने और एक तरफ बेतरतीब ढंग से रखा जाता था। एक फोन कॉल खत्म होने और हरेक फोन कॉल के शुल्क और अवधि को समाप्त करने पर एक छोटा स्लिप प्रिंटर हरकत में आता और बिल

ग्राहक को थमा दिया जाता। इस प्रिंटर की दूसरी तरफ बिल की रकम नजर आती थी। आईएसडी यानी इंटरनेशनल सब्सक्राइबर्स डायल कॉल करने वालों को प्राथमिकता दी जाती थी। इसमें बिल ज्यादा जो बनता था। कतार में लगे लोग इस तरह की कॉलिंग करने वालों को ईर्ष्या की नजरों से देखते थे।

'...ओ हो...इसके रिश्तेदार फॉरेन में होंगे...क्या जिंदगी है...!' लोग फोन करने वाले के बैंक में बहने वाले विदेशी धन की कल्पना करते हुए कहते थे।

या कहते, '...ओह बेचारा बूढ़ा! उसका बेटा फॉरेन में बस गया है। इतने दिनों से वह उनसे मिलने भी नहीं आया। बेचारा...कितना दुःखी है...! क्या अपने परिवार को यहाँ रखना और इस अकेलेपन को सहने से कम खाना बेहतर नहीं है ?'

मेरी कहानी अलग थी। मेरे पास घर पर फोन नहीं था। मेरे पास देने के लिए पैसे भी नहीं थे। उस जमाने में बीस रुपए प्रति मिनट की कॉल बहुत महँगी थी। जस्सी ने एक योजना के बारे में सोचा। उसने आधी रात के बाद सोनी के पीसीओ में फोन करने का प्लान बनाया। उस समय ग्राहक बहुत ही कम आते थे। कनाडा में एक निश्चित समय पर, यूँ कहो रात एक बजे वह फोन करती। उस वक्त वहाँ दिन जो होता था। फिक्स्ड लाइन पर इनकमिंग कॉल के लिए कोई शुल्क नहीं था। इसलिए कभी-कभी तो हम घंटों बातें करते थे।

मेरी कहानी अलग थी। मेरे पास घर पर फोन नहीं था। मेरे पास देने के लिए पैसे भी नहीं थे। उस जमाने में बीस रुपए प्रति मिनट की कॉल बहुत महँगी थी। जस्सी ने एक योजना के बारे में सोचा। उसने आधी रात के बाद सोनी के पीसीओ में फोन करने का प्लान बनाया।

जैसे-जैसे धूप तेज होती, लोग पीसीओ पर जमा होने लगते। भारत

में सुबह–सुबह विदेशों में बात करने का सबसे अच्छा समय होता है। इस वक्त वहाँ शाम होती है।

...जब भी मैं अपना कॉकटेल और मेरा सफेद पाउडर निगलता हूँ, तो जस्सी सजीव हो उठती है। मेरा दर्द और मेरी खुशी! मैं और बिंदरी उस दिन खुशी–खुशी जगराँव कपड़ा बाजार की तंग गलियों से गुजर रहे थे। मुझे तारीख भी याद है। यह 23 दिसंबर, 1994 की सर्द दोपहर थी।

सँकरी गली वाले बाजार के बीच तक फैले लकड़ी के खंभों से लटकी हुई साड़ियाँ, कमीज और सूट। दुकानों के बाहर टँगे नरम कपड़ों ने मेरे गालों को कई बार सहलाया। नए कपड़ों से उठने वाली खुशबू बहुत प्यारी लग रही थी।

सँकरी गली वाले बाजार के बीच तक फैले लकड़ी के खंभों से लटकी हुई साड़ियाँ, कमीज और सूट। दुकानों के बाहर टँगे नरम कपड़ों ने मेरे गालों को कई बार सहलाया। नए कपड़ों से उठने वाली खुशबू बहुत प्यारी लग रही थी।

एक जगह सँकरी गली और ज्यादा सिकुड़ गई। इससे यहाँ कई दफा दो लोगों का एक साथ चलना भी मुश्किल हो जाता है। लेकिन हमारे बाजार ऐसे ही हैं। ये सुंदरता और जीवंतता का प्रतीक हैं।

बिंदरी या तो आगे चल रहा था या शायद मेरे पीछे था। मेरे कानों में केवल उसकी बड़बड़ाहट लगातार आ रही थी, कैसे मैंने अपने प्रतिद्वंद्वी को कबड्डी के मैदान पर मजा चखाया था। नकद पुरस्कार मेरी जेब में गरम महसूस हो रहा था। इक्यावन सौ छोटी रकम नहीं थी। हम किचन को एक महीने तक चला सकते थे। शायद उससे भी ज्यादा।

...और फिर मेरी नजर उस पर पड़ी। वह भला सा एक शब्द क्या हो सकता है, जो उस पल की खूबसूरती को बयाँ कर सकता है, जब मैंने

उसे पहली बार देखा था!

…बेइंतिहा खूबसूरत…कुदरत का बेहतरीन नमूना…उसके चेहरे पर ओस की पहली बूँद जैसी ताजगी थी…खुदाई नूर था। मैं उसे करीब से देखने के लिए वहीं रुक गया। वह दो भारी-भरकम महिलाओं के साथ एक रेक्सिन टॉप स्टूल पर बैठी थी। दुकानदार ने उनके सामने सूट के थान खोल रखे थे।

वह बिना किसी भाव के सूट को देख रही थी। उसका चिकना बायाँ गाल और उसकी लंबी नुकीली ठुड्डी भगवान् के हाथों से गढ़ी हुई लग रही थी। एक गोल झुमका उसके कानों से लटक रहा था। उसके चेहरे के चारों तरफ उसके बाल उड़ रहे थे, जैसे उसकी खूबसूरती को बुरी नजरों से बचाने की कोशिश कर रहे थे…जैसे कसकर बुनी हुई चोटी के खिलाफ विद्रोह कर रहे थे…जैसे कई पिनों को तोड़कर किसी जेल से छूटने की कोशिश कर रहे थे।

वह बिना किसी भाव के सूट को देख रही थी। उसका चिकना बायाँ गाल और उसकी लंबी नुकीली ठुड्डी भगवान् के हाथों से गढ़ी हुई लग रही थी। एक गोल झुमका उसके कानों से लटक रहा था।

अचानक उसने मेरी तरफ देखा। हमारी नजरें मिलीं। ऐसा लगा, जैसे उसकी आत्मा ने उसे मेरी तरफ देखने का आदेश दिया था। मेरे पैर उस दुकान के सामने जड़ हो गए। वो इतनी गोरी थी कि मैं उसके गले की त्वचा से उसके गालों की ओर बहते खून तक को देख सकता था। उसकी तीखी खोजी निगाहें मुझसे मिलीं…और वह शरमा गई। गली में मानो सन्नाटा छा गया। मेरी आँखों में उसके सिवा और कुछ नहीं था। हर गुजरते पल के साथ मेरे दिल की धड़कन तेज हो रही थी। मुझे लगा, मेरी छाती फट जाएगी! अब हम…खुद हम नहीं रह गए थे। मैं वह और वह मैं हो गई थी…और यकीन मानिए, मैं आज भी वही हूँ। वहीं उस गली में

हूँ! मुझे याद नहीं कि हम कितने समय इसी हालत में रहे होंगे?

अचानक उसके बगल में बैठी महिला ने उसका हाथ हिलाकर उसकी राय पूछनी चाही। इधर बिंदरी मेरी बाँह खींच रहा था। वह मुसकराई और उसने मुँह फेर लिया। मैंने बिंदरी को रुकने के लिए कहा। लेकिन उसने मेरी कलाई पकड़कर मुझे जैसे घसीट ही लिया।

मैंने दुकान पर फिर अपनी गरदन घुमाई। वह लड़की कौन थी···मैं बिंदरी से पूछना चाहता था। मैं उसके पास जाना चाहता था। वह कौन थी··· इससे पहले तक मैंने इतना बेपनाह हुस्न कभी नहीं देखा था।

अचानक उसके बगल में बैठी महिला ने उसका हाथ हिलाकर उसकी राय पूछनी चाही। इधर बिंदरी मेरी बाँह खींच रहा था। वह मुसकराई और उसने मुँह फेर लिया। मैंने बिंदरी को रुकने के लिए कहा। लेकिन उसने मेरी कलाई पकड़कर मुझे जैसे घसीट ही लिया।

थोड़ी देर बाद बिंदरी और मैं जगराँव चौक पर पहुँचे। यह चौराहा एक अहम जंक्शन है। जहाँ से पंजाब की सभी दिशाओं की सड़कें और उनमें निहित जीवन एक-दूसरे को बाँटते हैं। हमें जिस सड़क से जाना था, वह मोगा, फिरोजपुर-हरिके से पाकिस्तान सीमा की ओर जाती है। दूसरी सड़क जगराँव शहर से होकर गुजरती है और मालवा बेल्ट के दिल फरीदकोट और बठिंडा ले जाती है। एक और सड़क लुधियाना-भारत के मैनचेस्टर और राज्य की राजधानी चंडीगढ़ की ओर जाती है, जिसमें पटियाला एक रियासत थी। चौथा रास्ता, जो मुझे सबसे अच्छा लगता था, जो सीधे सतलुज नदी की ओर जाता था। यह सड़क चारों सड़कों में सबसे सँकरी और सबसे सुंदर थी। आप इस रास्ते पर दूर से ही नदी की खुशबू को सूँघ सकते हैं।

यहीं पर मैं जस्सी को अकसर बाइक राइड पर ले जाया करता था।

सर्दियों की कई शामों की सर्द ठंड ने मेरे चेहरे को तीखी चुभन दी, तो कभी जस्सी के आलिंगन ने मेरी पीठ को गरम किया। यह मेरे जीवन के सबसे मधुर पल थे। उसकी बगल में साँस लेने की खुशी कुछ और ही थी। लेकिन आज यह सब मृत्यु, अंधकार और निराशा है।

उस दिन मैंने पहली बार जस्सी को देखा। बिंदरी और मैं उस वक्त जगराँव चौक जंक्शन पर थे। हमने एक मरुता पर सवार होने का फैसला किया। यह एक तिपहिया, एक तरह का डायनासोर टाइप वाहन होता है, जो पीटर इंजन पर चलता है। अगर आप एक सामान्य तिपहिया वाहन टुक-टुक को विपरीत दिशाओं में जोड़ दें, तो यह निश्चित रूप से बड़े पहियों के साथ एक मरुता बन जाएगा।

उस दिन मैंने पहली बार जस्सी को देखा। बिंदरी और मैं उस वक्त जगराँव चौक जंक्शन पर थे। हमने एक मरुता पर सवार होने का फैसला किया। यह एक तिपहिया, एक तरह का डायनासोर टाइप वाहन होता है, जो पीटर इंजन पर चलता है।

जब यह चलता है, तो बहुत शोर करता है। इसलिए इसे 'भूंड' भी कहा जाता है। भूंड यानी एक शोर करने वाली मधुमक्खी! 'मरुता' शब्द मारुति का एक ट्विस्टेड वर्जन है, जो एक लोकप्रिय कार ब्रांड है। मारुति ने 1980 से 2010 तक तीन दशकों तक देश की सड़कों पर राज किया था। मरुता तब हमारे लिए परिवहन का सबसे बढ़िया और सस्ता साधन था। यह हमें बस की तुलना में आधे समय में गाँव तक ले जाता था। बसें तो जगराँव से तभी चलती थीं, जब वे भर जाती थीं और कई और गाँव में रुकती जाती थीं, जैसे नानकसर, काउंके कलाँ और फिर काउंके खोसा।

जबकि मरुता हर 15 मिनट में चलते थे और आज भी चलते हैं। महिलाएँ, बच्चे और बुजुर्ग इसके अंदर बैठते हैं और लड़के···यूँ

कहें दबंग नौजवान···छत पर या पीछे की तरफ एक लोहे की ग्रिल के प्लेटफॉर्म पर खड़े होकर सफर करते हैं।

ऐसा ही एक मरुता चौक पर सवारियों का इंतजार कर रहा था। केवल एक बूढ़ा जोड़ा उसके पास खड़ा था। चालक ने यात्रियों के लिए आवाज लगाई—'काउंके अड्डा···काउंके अड्डा।'

'चल मरुता से चलत हैं।' बिंदरी ने कहा।

ऐसा ही एक मरुता चौक पर सवारियों का इंतजार कर रहा था। केवल एक बूढ़ा जोड़ा उसके पास खड़ा था। चालक ने यात्रियों के लिए आवाज लगाई—'काउंके अड्डा···काउंके अड्डा।' 'चल मरुता से चलत हैं।' बिंदरी ने कहा। 'नहीं रुक। हम अगले में जाएँगे···' मैंने कहा।

'नहीं रुक। हम अगले में जाएँगे···' मैंने कहा।

'क्यों···हमने टाइम खराब नहीं करना। अभी हमने जाकर मटन पकाना है। यह तेरी कबड्डी जीत के लिए गाँव से मिली विशेष देसी शराब के साथ खूब मजा देगा।'

'पर तू जानता है, मैं शराब नहीं पीता।'

'तू लस्सी या नींबू सोडा ले लियो यार···' उसने मुझे मरुता की ओर खींचने की कोशिश की।

मैं बेचैन था। मेरी निगाहें उस खूबसूरत चेहरे को चारों दिशाओं में तलाश रही थीं।

'बस एक और झलक···' मेरे दिल ने कहा। मेरे मन में एक ही सवाल था, आखिर वो थी कौन··· ? इतना तो पक्का था कि वह कोई लोकल तो नहीं थी। मैंने आखिरी बार पीछे मुड़कर देखा। वह मेरी नजरों के सामने थी। वह हमारी ओर ही आ रही थी। सुंदरता की एक बड़ी लहर मेरी तरफ ही आ रही थी, मुझे खुद में समा लेने को···मैं समुद्र तट पर था।

पास से गुजरते हुए उसने मेरी तरफ देखा। मैंने उसकी पतली पीठ को देखा। वह लंबी थी। हलके नीले सलवार-कमीज सूट में वह किसी परी से कम नहीं लग रही थी। उसका दुपट्टा हवा में बेफिक्री से उड़ रहा था। वह दूसरी लड़की का हाथ पकड़कर मरुता की ओर ही आ रही थी। उधर ड्राइवर यात्रियों को जोर-जोर से बुला रहा था—'काउंके खोसा…काउंके अड्डा…।'

वह बीच वाली सीट पर बैठ गई। उसकी पीठ ड्राइवर की सीट के पीछे थी। उसके साथ दूसरी लड़की मेरे गाँव की संतोष थी। मेरे लिए वह बहन की तरह थी। गाँवों में ऐसा ही होता है। सभी ग्रामीण एक-दूसरे को अपने परिवार का हिस्सा मानते हैं। गाँव की लड़की पूरे गाँव की इज्जत होती है। अगर कोई बाहर का बंदा हमारी गाँव की बहन-बेटियों के साथ कुछ गलत करने की कोशिश करता है, तो हम उसकी हड्डियाँ तोड़ देते हैं। यहाँ तक कि गला तक काट देते हैं।

वह बीच वाली सीट पर बैठ गई। उसकी पीठ ड्राइवर की सीट के पीछे थी। उसके साथ दूसरी लड़की मेरे गाँव की संतोष थी। मेरे लिए वह बहन की तरह थी। गाँवों में ऐसा ही होता है। सभी ग्रामीण एक-दूसरे को अपने परिवार का हिस्सा मानते हैं।

…मगर मैं तो उसके साथ उस हसीना को देखने में इतना व्यस्त था कि मैंने संतोष को नोटिस ही नहीं किया। ब्रिंदरी और मैं पीछे के प्लेटफॉर्म पर चढ़ गए। अब हम आमने-सामने थे। मैंने संतोष को 'सत श्री अकाल' कहा, तो मुझे देखकर वह खूबसूरत लड़की भी मुसकरा दी। मेरा दिल बारिश से भीगे पेड़ की तरह काँप उठा। शायद उसने सोचा होगा कि मैं उसे देखकर मुसकराया था। क्या दिन था… !

काश, मैं तुरंत संतोष से बात कर पाता और उसके साथ लड़की के बारे में पूछ पाता… !

'वह कौन है…' मैं बिंदरी के कान में फुसफुसाया। उसने भी उसे देखा था। वह भी अचंभे में लग रहा था।

'…मुझे भी नहीं पता, पर यह यहाँ की तो नहीं हो सकती…' वह बुदबुदाया।

'हाँ…जैसे कोई परी धरती पर उतर आई है…' मैंने कहा। भूंड की आवाज ज्यादा थी, पर शायद मेरी आवाज उन तक पहुँच गई थी। संतोष और उस परी ने मेरी तरफ देखा।

> ***उस 45 मिनट की यात्रा ने मेरे पूरे जीवन को बदलकर रख दिया। यह एक साथ हमारी पहली सवारी थी। मैं हैरान था कि जब भी मैंने उसे देखा, वह मुझे ही देख रही थी। जैसे वह मेरी आत्मा तक को देख लेना चाहती थी! इससे पहले किसी ने भी मुझे इतनी गहराई से नहीं देखा था।***

उस 45 मिनट की यात्रा ने मेरे पूरे जीवन को बदलकर रख दिया। यह एक साथ हमारी पहली सवारी थी। मैं हैरान था कि जब भी मैंने उसे देखा, वह मुझे ही देख रही थी। जैसे वह मेरी आत्मा तक को देख लेना चाहती थी! इससे पहले किसी ने भी मुझे इतनी गहराई से नहीं देखा था। मुझे भी कुछ हो रहा था, मगर पता नहीं वो क्या था?

मैंने सोचा, बाद में संतोष से पूछूँगा। मैं सोच रहा था या तो वो संतोष की कोई कॉलेज की सहेली थी या शायद कोई रिश्तेदार, जो संतोष के साथ उसके घर जा रही थी। दोस्त यही तो करते हैं। एक-दूसरे के घर जाते हैं। लेकिन मैं उससे बात कैसे कर सकता था? मैंने तो अब तक किसी लड़की से बात तक नहीं की थी। सच में नहीं। बिंदरी अकसर मुझ पर हँसता था। लेकिन मुझे नहीं लगता कि उसने भी अपने गाँव की बहन की किसी दोस्त से दोस्ती करने की कोशिश की थी। लड़कियाँ पहले उतरीं।

'चलो देखते हैं, दोनों कहाँ जाती हैं?' मैंने मरुता से नीचे कूदते ही बिंदरी से कहा।

'क्या? तू पागल है? लड़कियों का पीछा नहीं करते भाई! ये तेरे को आज हो क्या गया है··· ?' उसने समझाने की कोशिश की।

'मुझे नहीं पता कि मेरे साथ क्या हो रहा है···' मैंने खुद को यह कहते हुए सुना।

'तू क्या बोल रहा है बेवकूफ···तू उसको जानता तक नहीं। चुप कर जा।' मेरी बेचैनी देखकर मेरे तारणहार बिंदरी ने शुरुआत कर ही दी, 'क्या हाल है, संतोष गुड्डी···।'

उसने संतोष को छोटी बहन कहकर संबोधित किया था।

'तू क्या बोल रहा है बेवकूफ···तू उसको जानता तक नहीं। चुप कर जा।' मेरी बेचैनी देखकर मेरे तारणहार बिंदरी ने शुरुआत कर ही दी, 'क्या हाल है, संतोष गुड्डी···।' उसने संतोष को छोटी बहन कहकर संबोधित किया था।

'ठीक है वीरजी!' संतोष ने उत्तर दिया। उसके साथ मौजूद परी उस वक्त एक टिश्यू पेपर पर कुछ लिख रही थी। और यह क्या! लिपस्टिक उसके हाथ में क्यों थी··· ?

'वह कर क्या रही थी···' मैंने सोचा।

संतोष ड्राइवर को पैसे देने लगी। मगर बिंदरी ने उसे रोक दिया।

'नहीं जी, मेरी छोटी बहन पैसे क्यों देगी···' जैसे उसने चेतावनी दी। शायद वह मेरे लिए सुंदर लड़की से बात शुरू करने का टाइम खरीद रहा था। मगर काश, मेरे मुँह में उस वक्त कुछ शब्द ही बन पाते!

'गुड्डी! तेरी फ्रेंड आई है। उसको गाँव दिखा। ये आई कहाँ से है? बिंदरी ने बाजी मार ली थी।

'हाँ जी…' संतोष ने गोल-मोल जवाब दिया, 'बाहर से आई है।'

मगर संतोष की आँखें बिंदरी से पूछ रही थीं कि वह आखिर जानना चाहता क्या था… ? क्या होगा अगर गाँव के बुजुर्गों ने उन दोनों को देख लिया ?

बिंदरी ने उसकी बेचैनी महसूस की। इसी बीच उस हुस्न परी ने संतोष को टिश्यू पेपर थमा दिया और मेरी तरफ देखा। संतोष ने उसे नीचे गिरा दिया और फिर वे दोनों चल पड़ीं। मैं अपने जूतों के फीते बाँधने के बहाने झुका और कागज के टुकड़े को उठा लिया।

पेपर में लाल दिल एक तीर से चुभा…मेरी जस्सी की कई साहसिक चालों में से यह पहली थी। वह बहुत बहादुर, बहुत सुंदर थी। एक शेरनी की तरह…।

'तुम कहाँ हो जस्सी…शायद मैं तुम्हें बहुत इंतजार करवा रहा हूँ।'

आज बिंदरी मुझे देखता है कि मैं कड़वे घूँट निगल रहा हूँ। मैं जल्दी से मर जाना चाहता हूँ। मेरी छाती जल रही है। लेकिन यह जलन मेरी आत्मा के लिए एक बाम की तरह है। शायद यही जलन मेरे जीने की वजह भी है। काश, मैंने वह कागज सँभालकर रख लिया होता! कम-से-कम मेरे पास मेरी मुहब्बत का कागजी दिल ही होता!

□

7

पहली मुलाकात

जस्सी! मैं तुम्हारे साथ एक बगीचे में हूँ। यादों के बगीचे में! धूल भरे नीले-काले आसमान में डूबते सूरज की मद्धम सी नारंगी रोशनी है। एक फूल जो मेरी उंगलियों से फिसलकर तुम्हारे बालों में गिर गया है। ऊपर गुलमोहर अपनी शाखाओं को ठंडे आलिंगन में समेट रहा है। हम उसकी छाँव में हैं। कुछ पौधे सूख चुके हैं। कुछ फूल मुरझा गए हैं। जैसे ही मैं उनके पास बैठता हूँ···उन्हें दुलारता हूँ···उनसे बात करता हूँ, तो वे जीवित हो जाते हैं। यह बगीचा तुम्हारे आने से खुशबू से भर गया है। यहाँ कोई डर नहीं है। कोई चीख-पुकार नहीं है। यहाँ सिर्फ तुम्हारी यादें हैं। ये मुझे खुश करती हैं।

जे.जे. ने मुझसे एक बार कहा था कि जस्सी हमेशा जिंदा रहेगी। न्याय मिलने तक उसकी आत्मा को चैन नहीं मिलेगा। वे मुझसे मिलने पर हर बार यही कहते हैं।

बिंदरी बहुत कुछ बताना चाहता है, लेकिन उसकी बातें दर्ज नहीं हो रही हैं। मुझे लगता है कि राणा, मेरा भाई भी हमारे साथ जुड़ गया है···और मेरा दोस्त···मेरा हमराज···सोनू भी। मैं शराब पी रहा हूँ। मुझे पता है, मुझे ये सब नहीं करना चाहिए। मेरा शरीर पहले से आधा रह गया है। मगर यही तो अब मेरे जीने का सहारा है।

उस चमत्कारी सुबह मैं अपने आँगन में मुगदरों के साथ कसरत कर रहा था। तभी मैंने तुम्हें देखा। तुम सफेद वेस्पा स्कूटर की सवारी

कर रही थी। हमारे गाँव में स्कूटर पर एक लड़की…यह एक अकल्पनीय दृश्य था। लेकिन तब भी तुम ऐसी ही थी।

तुम हमारे घर की तरफ जाने वाले कच्चे रास्ते पर थी। तुम्हारा स्कूटर मेरे घर की दीवार के पास आकर रुक गया। शायद इंजन बंद हो गया था। तुमने स्कूटर को स्टैंड पर लगाया और उसे स्टार्ट करने की कोशिश करने लगी। मगर स्कूटर स्टार्ट नहीं हुआ।

तुम हमारे घर की तरफ जाने वाले कच्चे रास्ते पर थी। तुम्हारा स्कूटर मेरे घर की दीवार के पास आकर रुक गया। शायद इंजन बंद हो गया था। तुमने स्कूटर को स्टैंड पर लगाया और उसे स्टार्ट करने की कोशिश करने लगी। मगर स्कूटर स्टार्ट नहीं हुआ।

बेशक मैंने तुम्हें तुरंत पहचान लिया था। जगराँव बाजार में मैंने जो सुंदरता देखी थी, वो उस दिन मेरे घर के सामने थी। मेरी साँसें फूल रही थीं। मैंने मुगदर को दोनों हाथों से अपने कंधे के चारों ओर घुमाते हुए दस-दस के तीन सेट अभी-अभी खत्म किए थे। छाती की कसरत के लिए एक बेंच मेरा इंतजार कर रही थी। मेरी माँ अलसी के तेल से बनी पँजीरी और हल्दी वाला दूध तैयार करने में लगी थीं। कभी-कभी मुझे लगता है कि अगर मैंने इतना व्यायाम नहीं किया होता, तो मैं उस घातक हमले, पुलिस की पिटाई और नशीली दवाओं के इस्तेमाल से जिंदा रह ही नहीं सकता था!

अलौकिक प्रेम मेरे घर पर दस्तक दे रहा था। अपने सपने को सामने देखकर मैं हतप्रभ भी था और स्तब्ध भी। जैसे एक ही पल में कुछ हो गया था। मुझे खुद को सँभालने में कुछ पल लगे। अपनी हालत पर मुझे शर्म आई। मैं सिर्फ लँगोट में था। मैंने एक ही पल में टी-शर्ट और लोअर पहने और तुम्हारी तरफ चल पड़ा। मेरा दिल खुशी और

उत्साह के अतिरेक में और जोरों से धड़क रहा था। रही-सही कसर कसरत से बदन में उठी गरमी ने पूरी कर दी थी। मेरा लाल चेहरा पसीने में और ज्यादा लाल हो गया था।

बिंदरी मेरे साथ हर रोज कसरत करता था, मगर आज वो सुबह से ही नदारद है। शायद कल रात के अपने मटन और ड्रिंक्स में व्यस्त था। उसने वादा किया था कि वह पता लगा लेगा कि लड़की कौन थी और गाँव में किससे मिलने किसके घर आई थी! यह बहुत जरूरी था। अगर इस वक्त वो होता, तो इस सिचुएशन को सँभाल सकता था।

तुमने सफेद रंग की सलवार-कमीज पहनी हुई थी। तुम्हारे बाल अभी भी एक चोटी में बँधे हुए थे। लेकिन कल के मुकाबले ढीले। तुम्हारे बालों की लटें तुम्हारे गालों से खेल रही थीं। पता नहीं यह हवा थी या तुम्हारी अदा···एकदम बेफिक्र और मस्त!

तुमने सफेद रंग की सलवार-कमीज पहनी हुई थी। तुम्हारे बाल अभी भी एक चोटी में बँधे हुए थे। लेकिन कल के मुकाबले ढीले। तुम्हारे बालों की लटें तुम्हारे गालों से खेल रही थीं। पता नहीं यह हवा थी या तुम्हारी अदा··· एकदम बेफिक्र और मस्त!

सच कहूँ तो उस पल मैं तुम्हारी बेहद खूबसूरत आवारा लटों को छू लेना चाहता था। तुम्हारे मुलायम बालों को महसूस कर लेना चाहता था।

तुम कुछ नहीं बोली। तुमने पलकें भी नहीं उठाईं। तुम मेरी तरफ देख भी नहीं रही थी। जबकि मरुता में पूरे समय तुम मुझे ही निहारती रही थी। जब मैंने तुम्हें बाजार में देखा था, तब भी तुम मुझे ही देख रही थी। और अब जब मैं तुम्हारे सामने हूँ, तो तुम्हारी नजरें धरती से चिपकी पड़ी हैं।

'···क्या हुआ?' मैंने साहस जुटाकर पूछा।

मेरी नजरें तुम्हारे चेहरे से हटना ही नहीं चाहती थीं, लेकिन तुमसे बात करते किसी गाँववाले के देखे जाने के भय से मैं डरा हुआ भी था। मैं बात तुमसे कर रहा था, मगर मेरी नजरें आसपास का जायजा ले रही थीं। मुझे लग रहा था, हमारे पास से गुजरती हवा भी हमारा राज खोल सकती थी। ऊपर उड़ते पंछी तक हमारी मुलाकात का अफसाना बना सकते थे।

तुमने मेरी तरफ देखा। एकदम साफ गहरी सवालिया निगाहें…!

मेरी नजरें तुम्हारे चेहरे से हटना ही नहीं चाहती थीं, लेकिन तुमसे बात करते किसी गाँववाले के देखे जाने के भय से मैं डरा हुआ भी था। मैं बात तुमसे कर रहा था, मगर मेरी नजरें आसपास का जायजा ले रही थीं।

तुम सोच भी नहीं सकती, मैं उस वक्त क्या महसूस कर रहा था…? तुम्हारे आने से हमारे चारों तरफ की हवा महक उठी थी। जैसे हम खुशबू के एक बुलबुले में थे! गुरुत्वाकर्षण से परे सुगंधित तरल के अंदर तैर रहे थे।

'क्या आपका स्कूटर खराब हो गया है…' मैंने खुद को यह कहते सुना।

तुमने 'हाँ' में सिर हिलाया…बस थोड़ा सा…।

मैं स्कूटर की ओर बढ़ा। तुम्हारे जवाब में मुझे मेरी आवाज और मेरा आत्मविश्वास मिल गया था…'चलो, मैं कोशिश करता हूँ।' तुम पीछे हट गई। मैंने कई बार कोशिश की। मगर स्कूटर नहीं माना। वह भी इस खूबसूरत अपराध में जैसे मेरा साथ दे रहा था। तभी मैंने देखा, स्कूटर का इग्निशन बंद था। मैंने तुम्हारी आँखों में देखा। तुम्हारे होंठों पर शरारती मुसकान थी। तुमने कागज का एक टुकड़ा जमीन पर गिरा दिया और मुझसे स्कूटर का हैंडल ले लिया।

इग्निशन ऑन होते ही स्कूटर एक किक में ही स्टार्ट हो गया।

तुमने शरारती मुसकान के साथ गियर डाला और तेजी से स्कूटर लेकर निकल गई। मैं तुम्हें आँखों से ओझल होने तक देखता रहा और फिर मैंने झुककर अपने काँपते हाथों से उस कागज को उठा लिया।

'मैं तुमसे प्यार करती हूँ…' तुमने फिर से एक लिपस्टिक से लिखा था।

मैं किसी और ही लोक में था। इस बार मैंने इधर-उधर देखने की जहमत भी नहीं उठाई। अब मुझे किसी का डर नहीं था। तुम मुझे शेर बना रही थी।

'वह कौन थी?' मेरी माँ ने मेरे लौटते ही पूछा। वे हमेशा अपने सिर पर एक चुन्नी ओढ़ती थीं। जिसका एक सिरा उनके दाँतों के बीच दबा होता था। उनके माथे पर एक झुँझलाहट दिखाई दी।

'वह कौन थी?' मेरी माँ ने मेरे लौटते ही पूछा। वे हमेशा अपने सिर पर एक चुन्नी ओढ़ती थीं। जिसका एक सिरा उनके दाँतों के बीच दबा होता था। उनके माथे पर एक झुँझलाहट दिखाई दी। 'कुछ नहीं बीबी…उसका स्कूटर खराब हो गया था।'

'कुछ नहीं बीबी…उसका स्कूटर खराब हो गया था।'

'लेकिन वह थी कौन… ?'

'मुझे भी नहीं पता। मैंने उसको पहली बार जगराँव में देखा था।' मेरे मुँह से सच्चाई निकल गई। हालाँकि मैंने आधा सच बोला था। वैसे मैं कभी झूठ नहीं बोलता…माँ से तो खैर बिल्कुल भी नहीं…।

'हुम्म…' वे बुदबुदाईं।

'हमारे जीवन में पहले से ही बहुत परेशानियाँ हैं। तू जानता है न, मैंने तुम दोनों भाइयों को कैसे पाला है…अब मेरे लिए कोई और मुसीबत मत खड़ी कर देना…' माँ ने जैसे चेताया।

उस समय माँ का गुस्सा व्यर्थ लग रहा था। लेकिन क्या ये सिर्फ एक चिंता करने वाली माँ थीं, या फिर उनके पास कोई छठी इंद्रिय थी··· ?

मैं अपनी कसरत करने वापस चला गया। मेरा जोश सातवें आसमान पर पहुँच गया था। मेरी जिंदगी में बहार आ गई थी। मैं उन पलों को जी भरकर जी लेना चाहता था। चीख-चीखकर जमाने को अपनी मुहब्बत का फसाना सुना देना चाहता था।

···मगर यह तो सपना था। आँख खुलते ही सब गायब हो गया। मगर उन हसीन पलों की एक-एक यादें मेरे लिए हैं···आज तक मेरे पास हैं···मेरे साथ हैं!

हैंडपंप चलाते हुए भी वह मेरे साथ ही थी। बाल्टी कब की भर चुकी थी, मगर मेरा ध्यान कहीं और ही था। जैसे ही मैं बाल्टी उठाने झुका, वह पानी में थी। मैंने उसकी परछाईं को साफ-साफ देखा। सफेद परियों वाले कपड़ों में। पानी की तरंगों में उसका पल्लू उड़ रहा था। मैं धम्म से वहीं गिर पड़ा। निश्चित तौर पर यह मेरी नजरों का धोखा नहीं था।

हैंडपंप चलाते हुए भी वह मेरे साथ ही थी। बाल्टी कब की भर चुकी थी, मगर मेरा ध्यान कहीं और ही था। जैसे ही मैं बाल्टी उठाने झुका, वह पानी में थी। मैंने उसकी परछाईं को साफ-साफ देखा। सफेद परियों वाले कपड़ों में। पानी की तरंगों में उसका पल्लू उड़ रहा था। मैं धम्म से वहीं गिर पड़ा। निश्चित तौर पर यह मेरी नजरों का धोखा नहीं था।

मैंने अपना सिर उठाकर देखा, वह बदेशा की छत पर थी। वह मेरे घर को ही देख रही थी। उसका दुपट्टा हवा में लहरा रहा था। लेकिन इस बार वह आग की लपटों में थी।

बदेशा हमारे गाँव के सबसे बड़े जमींदार थे और मैं एक साधारण आदमी! मुझे यकीन हो गया, वह कनाडा वाली मलकीत कौर की बेटी थी। वह एक अमीर लड़की थी। मेरी माँ शायद सही थीं। लड़की वाकई मुसीबत बनने वाली थी। इन विचारों में मेरा मन उलझ गया। मगर उसकी आँखें जैसे मुझसे कुछ पूछ रही थीं···क्या तुम मुझे समझते हो···क्या तुम मुझे मुक्ति दिलवा सकते हो··· ?

□

8

जस्सी की यादें

मुझे उस रात नींद नहीं आई। काश, उसके जैसा कोई दरवाजे पर आ जाता! अब तक ऐसी कोई महिला नहीं थी, जिसने मुझे प्रभावित किया था। मेरे अंदर एक जबरदस्त तूफान उठ रहा था। आँधी जैसे मुझे बिस्तर पर एक तरफ से दूसरी तरफ कागज की तरह पटक रही थी। वो रात मैंने करवटें बदल-बदलकर गुजारी। नींद ने जैसे मुझसे किनारा कर लिया था।

मैंने तब तक कभी किसी अनजान लड़की से बात नहीं की थी। इसलिए नहीं कि मैं शर्मीला था, बल्कि मुझे ऐसा करने की कभी जरूरत ही महसूस नहीं हुई थी। बेशक लड़कियाँ मुझे निहारती थीं। उनकी प्रशंसा भरी नजरों पर मैं मुसकराता भी था। बस इतना ही, इससे ज्यादा कुछ नहीं। उनमें से किसी से बात करने का कभी मन ही नहीं किया। लेकिन उसके साथ···। भला क्या नाम था उसका···क्या उसने अपना नाम कागज पर लिखा था। मैंने अपने तकिए के नीचे से कागज का टुकड़ा निकाला। मगर उस पर कोई नाम नहीं था।

क्या उसने इस बारे में सोचा था कि वह बदेशा के परिवार से थी और मैं सिर्फ एक मामूली किसान था? उसे और मुझे 'हम' बना पाना करीब-करीब नामुमकिन था!

सुबह-सुबह बिंदरी आ गया। बिंदरी कमाल का बंदा है। देर रात

तक पीता है और फिर सूरज की पहली किरण से पहले गुरुद्वारे पहुँच जाता है! मैं मुश्किल से अपनी आँखें खोल सका। लेकिन बिंदरी हर काम को हद से ज्यादा करने का आदी था।

उसने मेरी रजाई खींच ली, 'उठ···आलसी बैल।'

'भाड़ में जा···' मैं चिल्लाया। 'मैं अभी सोया था···पूरी रात मैं एक मिनट को नहीं सो पाया···' मैंने कहा।

'क्यों ज्यादा पी ली थी क्या···' उसने मुझे चिढ़ाने की कोशिश की।

'बकवास। तूने मुझे शराब पीते देखा है कभी···' मैंने झल्लाकर जवाब दिया।

'ये हैंग ओवर है भाई, हैंग ओवर···' बिंदरी मुझे चिढ़ाकर मजा लेना चाहता था।

'पता नहीं तू क्या बातें कर रहा है?' मैंने रजाई को अपनी ठुड्डी के नीचे दबा लिया और अपनी पीठ उसकी तरफ कर ली।

'पता नहीं तू क्या बातें कर रहा है?' मैंने रजाई को अपनी ठुड्डी के नीचे दबा लिया और अपनी पीठ उसकी तरफ कर ली।

तब तक मेरी माँ चाय ले आईं। 'यह लड़का सारी रात सोया नहीं। इसके पास कुछ करने के लिए है नहीं···' उन्होंने शिकायत की।

तब तक मेरी माँ चाय ले आईं। 'यह लड़का सारी रात सोया नहीं। इसके पास कुछ करने के लिए है नहीं···' उन्होंने शिकायत की।

'कबड्डी टूर्नामेंट जीतने की खुशी है बीबी!' बिंदरी हमेशा मेरा सहारा था। मुझे लगा, माँ स्कूटरवाली लड़की का जिक्र करने वाली थीं।

'तो तू सोया नहीं···' उसकी आवाज में शरारत थी।

इस बीच माँ उठकर चली गईं।

‘अच्छा···! प्यार का हैंगओवर है···’ उसने जैसे मेरी दुःखती रग पर हाथ रख दिया।

‘जा यार···’ मैं जैसे शरमा गया।

‘तेरी मरजी···पर···संतोष के पास तेरे लिए एक संदेश है···वह गुरुद्वारे आई थी।’

‘क्या··· ?’ मैं झटके से बिस्तर से उठ खड़ा हुआ, ‘···उसने क्या कहा···क्या उसने तुझे डाँटा··· ?’

‘नहीं···वो ऐसा क्यों करेगी···’ उसने हँसकर जवाब दिया,‘···और देख, अब एक सेकेंड में कैसे ठीक हो गया। तू तो सो रहा था! चल छोड़, तू सो जा···’ बिंदरी मेरी तड़प का मजा ले रहा था।

‘ओ नहीं यार बिंदरी···बता तो सही···’ मैं जैसे उसके सामने गिड़गिड़ाने लगा था।

‘एक शर्त पर··· ।’ बिंदरी पूरे मूड में था। ‘अगर तू वादा करे कि अगर तू स्टार कबड्डी खिलाड़ी के तौर पर दारू की तमाम बोतलों को स्वीकार करके मुझे दे, तो बात बन सकती है।’

‘एक शर्त पर···।’ बिंदरी पूरे मूड में था। ‘अगर तू वादा करे कि अगर तू स्टार कबड्डी खिलाड़ी के तौर पर दारू की तमाम बोतलों को स्वीकार करके मुझे दे, तो बात बन सकती है।’

मैं उठा, ‘ठहर कमीने···पहले मैं तेरी ही खबर लेता हूँ···’ मैंने उसकी पीठ पर एक मुक्का जड़ दिया।

‘हा हा हा···अच्छी बात है। तू तैयार हो जा। संतोष ने तुझे 11 बजे पिछले दरवाजे से अपने घर पर बुलाया है···’ बिंदरी ने कहा।

मेरी आँखें उत्साह और तनाव से चमक उठीं। मुझे विश्वास नहीं हो रहा था कि वह क्या कह रहा है ?

'क्या वह वहाँ आने वाली है… ?' मैंने बिंदरी से पूछा।

'पता नहीं…शायद…पर उसने कुछ बताया नहीं।'

'पर…क्या ये सेफ है… ?' मैंने अपना डर जताया।

'संतोष हमारी बहन जैसी है दोस्त! हम किसी भी वक्त उसके घर जा सकते हैं। लेकिन हाँ, उसने पिछले दरवाजे से आने को कहा है, तो कुछ हो भी सकता है। चिंता न कर। मैं नजर रखूँगा।'

'लेकिन ये लड़की है कौन… ? तुझे पता है, वह बदेशा के परिवार से है। यह परेशानी हो सकती है। पर मुझे नहीं पता कि इस परिवार से उसका रिश्ता क्या है ? मैंने उसको बदेशा के घर की छत पर देखा है। उसका नाम क्या है… ? तुझे कुछ पता चला… ?' मैंने एक साँस में कई सवाल कर दिए।

'लेकिन ये लड़की है कौन… ? तुझे पता है, वह बदेशा के परिवार से है। यह परेशानी हो सकती है। पर मुझे नहीं पता कि इस परिवार से उसका रिश्ता क्या है ? मैंने उसको बदेशा के घर की छत पर देखा है। उसका नाम क्या है… ? तुझे कुछ पता चला… ?' मैंने एक साँस में कई सवाल कर दिए।

'…वो कनाडा वैंकुवर से है…नाम है जस्सी। शायद वो मलकीत आंटी की बेटी है। याद है…मलकीत, वही जो सुरजीत बदेशा की छोटी बहन थी। शादी के बाद वह हमारे गाँव से कनाडा जानेवाली पहली औरत थी…' बिंदरी पूरी खबर लेकर आया था।

जस्सी…मेरे सीने में यह नाम गूँज उठा। एक ही पल में यह नाम मेरी आत्मा से जुड़ गया। क्या हम पहले मिल चुके हैं ? लेकिन कनाडा… बदेशा…मलकीत आंटी…हे भगवान्! क्या इस लड़की को उसी घर में पैदा होना था… ?

माँ मेरे लिए लस्सी ले आईं। बिंदरी मेरी माँ से दूध माँगने के लिए

रसोई की ओर चल पड़ा। पंजाबी घरों में लस्सी, मक्खन और दारू की कोई कमी हो ही नहीं सकती।

मैंने संतोष के घर पर कदम रखा। वह वाकई वहाँ पर थी। एक लाल रंग के गुलाब की पंखुड़ियों की तरह सोफे पर विराजमान। मैंने सामने लगे शीशे में उसका चेहरा देखा। जैसे मैंने उसे उस दिन जगराँव बाजार में दुकान पर बैठे देखा था।

कोमल गुलाबी गाल···पर···वो रो क्यों रही थी? उसके बाएँ हाथ में एक छोटा सा रुमाल मुड़ा हुआ था। उसने उससे अपनी नाक रगड़ी। उसके गालों पर आँसू तेजी से पिघलने वाले ग्लेशियर की तरह लुढ़क गए। दूसरा हाथ उसके दाहिने घुटने पर था।

संतोष ने मेरे और उसके बीच अपनी नजरें घुमाईं और फिर बोली, 'वीरे···मुझे नहीं पता कि इसको क्या हुआ है? यह सुबह से रो रही है और कह रही है कि वह आपसे मिलना चाहती है। यह खतरों को नहीं जानती। आप इसको समझाओ। यह पागल हो रही है। मैं चाय बनाने जा रही हूँ। आप यहाँ बैठो और इससे बात करो।' संतोष हमें अकेला छोड़कर बाहर निकल गई।

संतोष ने मेरे और उसके बीच अपनी नजरें घुमाईं और फिर बोली, 'वीरे··· मुझे नहीं पता कि इसको क्या हुआ है? यह सुबह से रो रही है और कह रही है कि वह आपसे मिलना चाहती है। यह खतरों को नहीं जानती। आप इसको समझाओ। यह पागल हो रही है।

मुझे संतोष के मुँह से 'आप' सुनना बहुत अच्छा लगा। मुझे किसी ने अब तक 'आप' नहीं कहा था। मैं हैरान-परेशान सा सोफे के पास खड़ा हो गया। सोफे पर बैठी जस्सी का सुबकना जारी था। कमरा उसकी खुशबू से महक रहा था। क्या यह कोई मंत्र था? एक पल के बाद मैं उसके सामने टेबल पर ही बैठ गया। हम दोनों ही खामोश थे।

'पर ये रो क्यों रही हैं?' मैंने संतोष से ही पूछा। वह चाय से भरे प्यालों से भरी ट्रे लेकर लौटी थी।

'आपने उससे अभी तक पूछा नहीं··· ?' संतोष ने शिकायत भरी नजरों से मेरी ओर देखा और चाय को टेबल पर छोड़कर एक बार फिर वापस रसोई में लौट गई।

'आप रो क्यों रही हैं··· ?' आखिरकार मैंने पूछ ही लिया।

उसका सिसकना बंद हो गया। रुमाल वाला हाथ उसकी गोद में गिर गया। उसने सवालिया निगाहों से मेरी तरफ देखा, 'आप नहीं जानते··· ?'

मैं घबरा गया, 'मुझे सच में नहीं पता। मैं गाँव का लड़का हूँ। मुझे नहीं पता कि मैंने गलत क्या किया है?'

'आपको कुछ भी नहीं पता? आपने अब तक मेरा नाम भी नहीं पूछा··· ?' उसने तेज आवाज में कहा। गुस्से में भी उसकी आवाज में एक अलग संगीत था।

मैं घबरा गया, 'मुझे सच में नहीं पता। मैं गाँव का लड़का हूँ। मुझे नहीं पता कि मैंने गलत क्या किया है?'

'आपको कुछ भी नहीं पता? आपने अब तक मेरा नाम भी नहीं पूछा··· ?' उसने तेज आवाज में कहा। गुस्से में भी उसकी आवाज में एक अलग संगीत था।

मैं हँस नहीं सका, लेकिन मेरे होंठों पर मुसकान जरूर आ गई, 'आप···तुम बस इतनी सी बात पर परेशान थीं··· ?' मगर जवाब देने के बजाय उसका रोना और बढ़ गया।

'नहीं। प्लीज नहीं। रो ना···।' मैंने रसोई की ओर देखा। मैं सोच रहा था कि क्या करूँ? संतोष रसोई के दरवाजे पर खड़ी थी बाँहें चढ़ाए। उसकी आँखों में गुस्सा था। उसने जस्सी की तरफ इशारा किया। वह मुझे जस्सी के हवाले करना चाहती थी।

मैंने अपनी शक्तिहीन लड़खड़ाती टाँगों को इकट्ठा किया और मैं उस सोफे की बाँह पर बैठ गया, जहाँ वह बैठी थी। मेरी कोहनी ने उसके दुपट्टे को छुआ···मीठा रेशम···यकीन मानिए, मेरे शरीर के रोंगटे तक खड़े हो गए।

'मेरा नाम मिट्ठू है···' मैंने धीरे से कहा। 'क्या तुम रोना बंद कर सकती हो प्लीज···।' उसने कोई जवाब नहीं दिया। केवल और केवल आँसू ही उसका जवाब थे।

मैंने विनती भरी आँखों से संतोष की ओर देखने की कोशिश की। लेकिन वह अपने पीछे का दरवाजा बंद करके रसोई में गायब हो गई थी। मैं अपनी जस्सी के साथ अकेला था।

मैंने विनती भरी आँखों से संतोष की ओर देखने की कोशिश की। लेकिन वह अपने पीछे का दरवाजा बंद करके रसोई में गायब हो गई थी। मैं अपनी जस्सी के साथ अकेला था।

मैंने यह सोचकर कई साल गुजारे हैं कि मैंने उस वक्त जो किया, उसकी ताकत मुझे कहाँ से मिली थी? मैंने उसके सिर पर हाथ रखकर धीरे से थपथपाया।

'रोना बंद करो जस्सी! नहीं तो मैं भी रोना शुरू कर दूँगा।'

उसके आँसू से सने चेहरे पर हँसी फूट पड़ी और वह मेरी बाजू पर गिर पड़ी। उसका सिर मेरे कंधे पर था। उसने रसोई के दरवाजे की ओर देखा, 'मैं आपकी हूँ···' उसने धीरे से कहा।

दुनिया के लिए जस्सी सिर्फ एक खूबसूरत लड़की थी, लेकिन उस पल मुझे एहसास हुआ कि हमारी आत्माएँ पुरानी थीं। हम पहले भी मिल चुके थे!

एक आत्मा, जो सिर्फ मेरे लिए आई थी। एक आत्मा, जिसने प्यार के लिए जन्म लिया और प्यार के लिए मर गई। यह अब मेरे लिए दर्दनाक रूप से स्पष्ट है।

उस दिन हमने लगभग एक घंटा संतोष के घर पर बिताया। उस एक घंटे की यादों ने मुझे अब तक जिंदा रखा है। उन तमाम यादों को मैंने अब तक सहेजकर रखा है। ये यादें मेरा गुजरा हुआ कल हैं। ये यादें मेरी दौलत हैं। उस घड़ी में हम एक बार फिर पैदा हुए थे।

जस्सी कनाडा के ब्रिटिश कोलंबिया के मेपल रिज में रहती थी। कनाडा सपनों का देश है, खासकर पंजाबियों के लिए। हर साल हजारों पंजाबी बेहतर जिंदगी की आस में कनाडा जाते हैं। उनकी मातृभूमि पंजाब कभी पाँच नदियों का प्रदेश था। सबसे पहले भारत के विभाजन ने पंजाब को भारतीय पंजाब और पाकिस्तानी पंजाब में विभाजित किया। बाद में आतंकवाद इसके हरे-भरे खेतों में फैल गया। सिखों के लिए एक अलग राष्ट्र की माँग ने यहाँ मौत और विनाश को जन्म दिया। रोजगार के अवसर सिकुड़ गए। औद्योगिक निवेश घट गया।

जस्सी कनाडा के ब्रिटिश कोलंबिया के मेपल रिज में रहती थी। कनाडा सपनों का देश है, खासकर पंजाबियों के लिए। हर साल हजारों पंजाबी बेहतर जिंदगी की आस में कनाडा जाते हैं। उनकी मातृभूमि पंजाब कभी पाँच नदियों का प्रदेश था।

इससे पंजाबियों का धीरे-धीरे पश्चिमी देशों की तरफ पलायन हुआ। कनाडा बड़ा विकल्प था। ऐसी ही एक प्रवासी जस्सी की माँ मलकीत कौर भी थी। बख्तावर सिंह से शादी के बाद वह कनाडा चली गई थी। बख्तावर कुछ साल पहले वहाँ चला गया था और पहले से ही मेपल रिज में रह रहा था। उनका वहाँ खेती का बड़ा कारोबार था।

अगले कुछ बरसों में मलकीत कौर ने अपने भाई सुरजीत सिंह बदेशा और दूसरे रिश्तेदारों को अपने साथ कनाडा में बसने के लिए बुला लिया था। परिवार की संपत्ति में बढ़ोतरी के अनुपात में। वे फेजर

की घाटी में रहते थे। महँगी स्ट्रॉबेरी और रास्पबेरी उगाने के अलावा इस परिवार का परिवहन व्यवसाय में भी बड़ा नाम था। उनकी पच्चीस कमरों की हवेली उनके निर्माण के बाद से सालों तक गाँव में चर्चा का विषय बनी रही।

लेकिन, जैसा कि पंजाब में कई परिवारों के साथ होता है, उनकी उन्नत वित्तीय स्थिति और व्यापारिक नेटवर्क के बावजूद उनके रूढ़िवादी जीवन में कोई अंतर नहीं आया था। जस्सी को उन्होंने कभी भी अपने सपनों को जीने के लिए प्रोत्साहित नहीं किया। उसने पढ़ाई की, क्योंकि उसके माता-पिता चाहते थे। उसने वही पहना, जो माता-पिता को मंजूर था। उसने लड़कियों के साथ दोस्ती की, वह भी लड़कियों की पूरी स्क्रीनिंग और उसके माता-पिता की अनुमति के बाद। जस्सी सोने के पिंजरे में बंद पंछी की तरह थी।

जस्सी मुझसे एक साल बड़ी थी। उनका जन्म 4 अगस्त, 1975 को हुआ था, जबकि मेरा जन्म 16 अप्रैल, 1976 को हुआ था। जब मैंने उसे अपनी जन्मतिथि बताई, तो वह भौचक्की रह गई।

'मेरे घर में मेरी माँ और बदेशा अंकल की चलती है। वे जल्द ही मेरी शादी किसी अमीर बंदे से कर देंगे…' उसने मुझसे कहा था। उसके शब्द मेरे दिल में छुरी के घाव की तरह लगे।

जस्सी मुझसे एक साल बड़ी थी। उनका जन्म 4 अगस्त, 1975 को हुआ था, जबकि मेरा जन्म 16 अप्रैल, 1976 को हुआ था। जब मैंने उसे अपनी जन्मतिथि बताई, तो वह भौचक्की रह गई।

'मुझे लगता है कि इससे आपको कोई समस्या नहीं होगी…क्या मैं तुमसे बड़ी दिखती हूँ… ?' उसने मुझसे पूछा।

मैंने उसके गाल को छुआ, 'नहीं…बिल्कुल नहीं…बल्कि मुझे तो

चिंता यह थी कि तुम बालिग भी हो कि नहीं··· ?' सुनकर वह ठहाका लगाकर हँस पड़ी।

अपने माता-पिता के चुने दोस्तों के साथ भी जस्सी को ज्यादा समय बिताने की अनुमति नहीं थी। उसके अरबपति परिवार ने अपनी बेटी को एक प्राइवेट यूनिवर्सिटी में दाखिला दिलाने के बजाय ब्यूटीशियन कोर्स के लिए भेजा, ताकि वह एक डिग्री प्राप्त कर सके। शिक्षा का मतलब आजादी है, मगर जस्सी के परिवार को लगता था कि एक आजादखयाल लड़की उनके लिए खतरनाक साबित हो सकती है। इसलिए उसे को-एड कॉलेज के बजाय लड़कियों के ही कॉलेज में पढ़ने भेजा गया।

अपने माता-पिता के चुने दोस्तों के साथ भी जस्सी को ज्यादा समय बिताने की अनुमति नहीं थी। उसके अरबपति परिवार ने अपनी बेटी को एक प्राइवेट यूनिवर्सिटी में दाखिला दिलाने के बजाय ब्यूटीशियन कोर्स के लिए भेजा, ताकि वह एक डिग्री प्राप्त कर सके।

जैसा कि उसकी माँ ने उससे कहा था कि जब उसकी शादी हो जाएगी, तो वह घर में अपना पार्लर खोल सकती है। इस तरह उसके ससुरालवालों को भी कोई दिक्कत नहीं होती, क्योंकि तब भी वह चाहरदीवारी में रहती। ठीक है, वे उसके पंख काट सकते थे, लेकिन वे उन्हें नए सिरे से बढ़ने से तो नहीं रोक सकते थे···वह हँसी। उसके चेहरे का असीम संतोष देखने लायक था।

'आपके पिता या आपके भाई के बारे में क्या···' मैंने पूछा।

'मेरे पिता मेरी माँ के बिल्कुल उलट हैं। शांत और बहुत ही शांत। लेकिन माँ के सामने डरपोक। इतने डरपोक कि वे कभी माँ का सामना नहीं कर सकते।'

मैंने उसके कंधे को छुआ था, 'वह आपकी माँ हैं···जस्सी···!'

उसने मेरा हाथ अपने हाथ में ले लिया। उसकी नजरें एक मुसकान के साथ मेरी नजरों से मिलीं, '…ऐसा नहीं है कि मैं अपनी माँ से नफरत करती हूँ या वो मेरे लिए इतनी क्रूर है! सिर्फ इतना है कि वह इस हद तक सख्त है कि कभी-कभी साँस लेना भी मुश्किल हो जाता है। कई बार तो मुझे लगता है कि वो किसी दिन मेरी जिंदगी ही ले लेगी! हो सकता है कि उसे जलन हो कि मैं जवान और स्वतंत्र हूँ। मैं इस अधिक आधुनिक दुनिया में पैदा हुई हूँ, जहाँ महिलाओं को वास्तविक लोगों के रूप में देखा जाता है, न कि केवल महिलाओं के रूप में। मेरे पास इतने सारे अवसर हैं, जो उसे कभी नहीं मिले थे। मैंने देखा है कि वह मुझे अलग तरह से देखती है। आपको लगता होगा कि मैं कैसी बातें कर रही हूँ?'

जस्सी ने जो कुछ कहा, उनमें से कई बातें मेरे सिर के ऊपर से निकल गईं। मुझे समझ में नहीं आया कि क्यों और कैसे? हो सकता है कि आप केवल अपनी परिस्थितियों को ही सही मायने में समझ सकें। हो सकता है, किसी और की जिंदगी को समझने के लिए आपने उनकी जिंदगी जी हो!

जस्सी ने जो कुछ कहा, उनमें से कई बातें मेरे सिर के ऊपर से निकल गईं। मुझे समझ में नहीं आया कि क्यों और कैसे? हो सकता है कि आप केवल अपनी परिस्थितियों को ही सही मायने में समझ सकें। हो सकता है, किसी और की जिंदगी को समझने के लिए आपने उनकी जिंदगी जी हो!

'सबसे बुरी खबर यह है कि माँ ने बदेशा अंकल को मेरे लिए यहाँ पंजाब में एक रिश्ता ढूँढ़ने के लिए कहा है। मैं पहले इसके खिलाफ थी, लेकिन जब मैं तुमसे मिली, तो यह बात मुझे अच्छी लगने लगी। मैं उन्हें मनाने जा रही हूँ, क्योंकि अगर वो मेरी शादी पंजाब में ही करना चाहती हैं, तो तुम्हारे साथ भी तो करवा सकती हैं!'

'असंभव···तुम नहीं समझती जस्सी···तुम संतोष से पूछो···वह तुम्हें बताएगी···' मैंने जवाब दिया।

'लेकिन क्यों···इसमें क्या मुश्किल है···?' जस्सी ने झल्लाकर जवाब दिया।

'देखो, हम एक ही गाँव के हैं और हमारे यहाँ एक ही गाँव में शादी नहीं हो सकती। मैं गरीब हूँ। मैंने 12वीं क्लास भी क्लीयर नहीं की है···हाँ···मैं एक अच्छा लड़का हूँ। कड़ी मेहनत कर सकता हूँ। अपना घर चला सकता हूँ। मैंने पहले कभी किसी लड़की से बात तक नहीं की है। उसे छूने की तो बात ही छोड़िए।'

जस्सी ने फिर से उमगकर मेरी बाँहों में छलाँग लगा दी थी।

अगले दिन हम संतोष के घर पर फिर मिले। हाथ-में-हाथ डाले हम बैठ गए और हमने ढेर सारी बातें कीं।

'मुझे शाम को बाजार जाना है···क्या तुम मुझे ले जाओगे···' उसने मुझसे पूछा।

जस्सी ने फिर से उमगकर मेरी बाँहों में छलाँग लगा दी थी। अगले दिन हम संतोष के घर पर फिर मिले। हाथ-में-हाथ डाले हम बैठ गए और हमने ढेर सारी बातें कीं। 'मुझे शाम को बाजार जाना है···क्या तुम मुझे ले जाओगे···' उसने मुझसे पूछा।

मैं दंग रह गया। मैं ये कैसे कर सकता था···?

'मुझे नहीं पता···मैंने फर्श पर देखा। मेरे पास तो स्कूटर भी नहीं है।'

'प्यार को अपनी गाड़ी बना लो···' वह हँसी।

'ठीक है, मैं देखता हूँ। हम मरुता पर सवार होने के लिए गाँव के चौराहे पर मिलेंगे। मरुता है तो ठीक-ठाक, पर इसमें सवारी का अपना ही मजा है।'

तय प्रोग्राम के मुताबिक शाम को जस्सी गाँव के चौराहे पर पहुँची। उसकी निगाहें मुझे ही तलाश रही थीं। मुझे अभी भी विश्वास नहीं हो रहा था। मुहब्बत में उसने तर्क और कानून की सभी सीमाओं को तोड़ दिया था। अगर जस्सी ने सोचा होगा कि एक प्यारा सा राजकुमार उसे ले जाने के लिए एक सफेद घोड़े पर आएगा या एक शानदार कार या बुलेट पर··· उसे नहीं पता, तो मैं भला उसके लिए क्या कर सकता था?

वह निराश थी कि मेरे बगल में नहीं बैठ सकती थी। मरुता ड्राइवर और मैंने आगे की सीट साझा की। हमारे पीछे वाली सीट पर जस्सी, संतोष और जगराँव की एक दूसरी लड़की बैठी थी। बिंदरी और उसका दोस्त पीछे की तरफ लोहे की रेलिंग पर खड़े थे।

मैं उसके सामने मरुता में सवार हुआ। मैंने मरुता ड्राइवर को मरुता चलाने के लिए पटा लिया था। जस्सी के चेहरे पर खुशी का ठिकाना नहीं था। उसकी आँखों में खुशी थी। वो हमारा पहला लॉन्ग ड्राइव था।

वह निराश थी कि मेरे बगल में नहीं बैठ सकती थी। मरुता ड्राइवर और मैंने आगे की सीट साझा की। हमारे पीछे वाली सीट पर जस्सी, संतोष और जगराँव की एक दूसरी लड़की बैठी थी। बिंदरी और उसका दोस्त पीछे की तरफ लोहे की रेलिंग पर खड़े थे।

तभी बस स्टॉप पर आई जस्सी की माँ और चाची ने पुकारा, 'जस्सी, तू दर्जी की परची तो भूल ही गई···तुझे वो सूट कैसे देगा?' डाँट वह जस्सी को रही थी, लेकिन नजरें उसकी मुझ पर ही थीं।

'तू···मिट्ठू है ना··· ?' उसने मुझसे पूछा।

'हाँ जी आंटीजी···सत श्री अकाल···' मैंने पारंपरिक तरीके से उनके पैर छुए।

उन्होंने मेरे लंबे जीवन और सफलता का आशीर्वाद नहीं दिया,

जैसा आमतौर पर गाँव के बुजुर्ग करते हैं।

'तो तू यह ऑटो रिक्शा चलाता है...' उसने मुझसे पूछा।

'नहीं...नहीं जी।' 'मैंने जस्सी पर नजरें डालते हुए विरोध किया, 'कभी-कभार जब मैं पढ़ाई और कबड्डी से फ्री होता हूँ तो...' मैंने बात अधूरी छोड़ दी। मगर मेरे जवाब से पहले उसने मुँह मोड़ लिया, '...ध्यान से चलाना...' उसने कहा।

यह तब हँसने वाली बात थी, यहाँ तक कि रोमांटिक भी। लेकिन मुझे यह उम्मीद कभी नहीं थी कि आने वाले बरसों में अदालती मुकदमे के जरिए कनाडाई मीडिया मुझे ऑटो रिक्शा चालक के रूप में पेश करने वाला था!

मैं जहाँ से आता हूँ, वहाँ मरुता को ड्राइव करना कोई छोटी-मोटी उपलब्धि नहीं माना जाता। जिंदा रहना एक उपलब्धि होती है। खासकर 1980 से लगभग 1990 के दशक तक आतंकवाद के दौर में, लोगों को याद होगा कि मैं किस बारे में बात कर रहा हूँ! और खासतौर पर काउंके कलाँ का इतिहास, जिसने हमारे गाँव को तराशकर बनाया है। हम गरीब नहीं थे। मैं यह भी नहीं कह रहा कि हम अमीर थे, लेकिन हमारे घर में अनाज था। हमारे पास आठ एकड़ जमीन और आधा दर्जन मवेशी थे। मेरे पिता ने दूध बेचकर अच्छा जीवन गुजारा था। फसलों से अच्छी कमाई हो जाती थी।

मैं जहाँ से आता हूँ, वहाँ मरुता को ड्राइव करना कोई छोटी-मोटी उपलब्धि नहीं माना जाता। जिंदा रहना एक उपलब्धि होती है। खासकर 1980 से लगभग 1990 के दशक तक आतंकवाद के दौर में, लोगों को याद होगा कि मैं किस बारे में बात कर रहा हूँ!

लेकिन मेरा बचपन उदास था। खालिस्तान संघर्ष! एक अलग सिख राष्ट्र की माँग चरम पर थी। खालिस्तान की माँग करने वाले

सशस्त्र आतंकवादी बाजारों, बसों और ट्रेनों में लोगों पर गोलियाँ बरसाते थे। उन्होंने बम भी लगाए। जवाब में पुलिस ने कई लड़कों को मार डाला। कुछ असली तो कुछ फर्जी पुलिस मुकाबलों में। मगर इससे हिंसा खत्म होने के बजाय और बढ़ गई। कई पुलिस अफसर भी मारे गए। सरकार को हिंसा को दबाने के लिए अर्धसैनिक बलों और बाद में सेना तक को तैनात करना पड़ा।

नई व्यवस्था ने हमारे लिए मुसीबत खड़ी कर दी थी। रात में हमें सुबह तक पनाह माँगने वाले आतंकवादियों की मेजबानी करनी पड़ती थी। अगर लोग उनका हुक्म नहीं मानते, तो उन्हें गोलियों से भून दिया जाता था। सुबह-सुबह या कुछ दिनों बाद पुलिस या सेना हमारे घरों पर छापे मारती।

नई व्यवस्था ने हमारे लिए मुसीबत खड़ी कर दी थी। रात में हमें सुबह तक पनाह माँगने वाले आतंकवादियों की मेजबानी करनी पड़ती थी। अगर लोग उनका हुक्म नहीं मानते, तो उन्हें गोलियों से भून दिया जाता था। सुबह-सुबह या कुछ दिनों बाद पुलिस या सेना हमारे घरों पर छापे मारती। आतंकवादियों की गतिविधि के बारे में जानकारी लेने के लिए कई स्थानीय लोगों को अवैध कारावास में रखकर पीटा जाता। उन्हें प्रताड़ित किया जाता। कई बार उनकी शंका सही भी निकलती। यह केवल और केवल संदेह पर आधारित व्यर्थ जीवन था।

उस दौर में पुलिस और उग्रवादियों की रस्साकशी के बीच बेगुनाह लोगों को बहुत नुकसान उठाना पड़ा। मेरा परिवार भी उनमें से एक था। हमारा गाँव काउंके कलाँ जाना-माना गाँव है। उस जमाने में सिखों की सर्वोच्च संस्था अकाल तख्त के प्रमुख जत्थेदार गुरदेव सिंह हमारे गाँव के ही थे। वे उग्रवादियों, पुलिस, राजनेताओं, धर्मगुरुओं और उनके

अनुयायियों के केंद्र थे। ज्यादातर लोग उन्हें मार्गदर्शक के रूप में देखते थे, लेकिन पुलिस को उन पर आतंकवादियों को पनाह देने का शक था।

ऐसा ही एक संदिग्ध आतंकवादी था, जसविंदर सिंह जस्सा। वह जगराँव क्षेत्र की खालिस्तान लिबरेशन फोर्स का कमांडर था। उसका नाम ही खौफ पैदा करने के लिए काफी था। उन दिनों कई लड़के उग्रवादियों का एरिया कमांडर बनने की चाहत रखते थे। हम पंजाबी एक गौरवशाली जाति हैं। अगर हमें लगता है कि हमारे साथ अन्याय हुआ है, तो हम इसके खिलाफ खड़े हो जाते हैं। सीधी लड़ाई करते हैं, फिर चाहे वह देश के लिए हो या उनके अपने लिए।

जस्सा अकसर हमारे गाँव आता था। मेरे पिता हर सुबह साढ़े तीन बजे उठ जाते थे। वे मवेशियों की देखभाल करते थे। एक धर्मनिष्ठ सिख थे। वे पहले गुरुद्वारे में और फिर ग्राहकों के घरों में दूध पहुँचाते थे। अकसर खेतों में छिपे या गाँव में घूमते उग्रवादियों को देखते और नजरअंदाज कर देते थे। घात लगाकर बैठे पुलिस वालों को भी वे अनदेखा कर देते थे। नाकों पर वे पुलिस वालों को फ्री दूध दे दिया करते थे। वे जानबूझकर उनके साथ दोस्ती बनाकर रखते थे। आखिरकार उनके दो बेटे मैं और मेरा छोटा भाई राणा उस समय किशोर थे। आतंकवादियों की नजर में आतंकवाद की भरती के लिए ये हमारी एकदम सही उम्र थी। इसलिए मेरे पिता पुलिस से दोस्ती रखते थे, ताकि उनके बच्चे महफूज रह सकें।

जस्सा अकसर हमारे गाँव आता था। मेरे पिता हर सुबह साढ़े तीन बजे उठ जाते थे। वे मवेशियों की देखभाल करते थे। एक धर्मनिष्ठ सिख थे। वे पहले गुरुद्वारे में और फिर ग्राहकों के घरों में दूध पहुँचाते थे। अकसर खेतों में छिपे या गाँव में घूमते उग्रवादियों को देखते और नजरअंदाज कर देते थे।

अगर मेरे पिता जीवित होते तो हो सकता है कि मुझे उतना नुकसान न उठाना पड़ता, जितना मैंने झेला। हो सकता है कि वह अपनी बुद्धि से जस्सी की रक्षा भी कर लेते।

फिर भी जब तक वे जीवित रहे, उन्होंने मेरे भाई और मुझे उग्रवादियों और पुलिस दोनों से बचाया। एक सुबह करीब चार बजे जस्सा हमारे घर आया। मेरे पिता ने बंद दरवाजे से ही आने वाले का नाम पूछा। वे जानते थे, उस वक्त आने वाला कोई आतंकवादी या पुलिसकर्मी ही हो सकता था। जस्सा का जवाब सुनकर मेरे पिता ने दरवाजा खोलकर बाहर गली में कदम रखा और फिर अपने पीछे दरवाजा बंद कर लिया।

उसने हाथ जोड़कर 'सत श्री अकाल' कहा और अँधेरे में गायब हो गया। मेरे पिता ने यह देखने के लिए चारों ओर देखा कि क्या किसी ने जस्सा को उनके घर की तरफ आते तो नहीं देखा था! वे थके कदमों से वापस लौटे और फिर वे घर से बाहर नहीं निकले।

'मेरे पास तुम्हारे लिए एक काम है...' जस्सा ने ठंडे स्वर में कहा।

मजबूरी में मेरे पिता ने बस सिर हिला दिया।

'कोई आपको गुरुद्वारे में एक पैकेट देगा। इसे अपने दूध के कंटेनर में डालकर घर ले आना। मैं किसी टाइम आकर आपसे ले लूँगा।'

उसने हाथ जोड़कर 'सत श्री अकाल' कहा और अँधेरे में गायब हो गया। मेरे पिता ने यह देखने के लिए चारों ओर देखा कि क्या किसी ने जस्सा को उनके घर की तरफ आते तो नहीं देखा था! वे थके कदमों से वापस लौटे और फिर वे घर से बाहर नहीं निकले। उस दिन दूध देने भी नहीं गए। अगले कुछ दिनों तक वे घर से बाहर नहीं निकले। उन्होंने मुझे भेज दिया। मुझे पैकेट के बारे में कोई जानकारी नहीं थी। कुछ दिनों बाद जस्सा आधी रात को हमारे घर

आया। इस बार उसने मेरे पिता पर बंदूक तान दी—

'हमने तुमसे थोड़ी सी सेवा करने को कहा था। अब तेरा बेटा इसका भुगतान करेगा। वह हमारी सेवा करेगा।' मेरे पिता ने मिन्नत की, लेकिन जस्सा नहीं झुका।

'मेरे संदेश का इंतजार करना।' वह जितनी तेजी से आया, उतनी ही तेजी से चला भी गया। मेरे पिता कई बार थाने गए, लेकिन अधिकारियों से संपर्क करने का साहस नहीं जुटा सके। उग्रवादियों की मुखबिरी का मतलब पूरे परिवार की दर्दनाक मौत थी। एक दिन जस्सा ने गुरुद्वारे में एक व्यक्ति के माध्यम से संदेश भेजा—

'कल अपने बेटे को भेजो।'

मेरे पिता घर पहुँचे और मुझे, मेरी माँ और छोटे भाई को मेरे नानके नारिके भेज दिया। वे घर पर अकेले रह गए। उनके पास एक दराँती और एक गँडासा था। इनसे भला वो इतने भारी हथियारों से लैस उग्रवादियों का सामना कैसे कर सकते थे?

मेरे पिता घर पहुँचे और मुझे, मेरी माँ और छोटे भाई को मेरे नानके नारिके भेज दिया। वे घर पर अकेले रह गए। उनके पास एक दराँती और एक गँडासा था। इनसे भला वो इतने भारी हथियारों से लैस उग्रवादियों का सामना कैसे कर सकते थे?

सुबह जस्सा हमारे घर आया। मेरे पिता ने दरवाजे पर ही सवाल किया, 'कौन है… ?' हालाँकि वे जानते थे कि उस वक्त यह केवल आतंकवादी या पुलिसकर्मी हो सकता था। मगर तभी गोलियों की तड़तड़ाहट ने पूरे इलाके को झकझोरकर रख दिया। दो घंटे गोलीबारी चली।

जस्सा अपने दो साथियों के साथ मुठभेड़ में मारा गया और उसका एक साथी पकड़ा गया। पिताजी ने राहत की साँस ली और हमें वापस आने के लिए कहा। उसी रात पुलिस ने हमारे घर पर छापा मारा।

'जस्सा तेरे से कई बार मिला। उसने हथियारों का जखीरा कहीं छिपा दिया था। तेरे पास हमें बताने के लिए काफी कुछ है...' पुलिस वाले ने कहा।

वे मेरे पिता को ले गए और उन्होंने उन्हें जी भरकर पीटा। मेरी माँ उनसे विनती करती रहीं। घसीटे जाने से पहले मेरे पिता ने माँ पर तीखी नजर डाली। मैं और मेरा भाई डर के मारे काँप रहे थे। माँ जानती थीं, यह सब बेकार था। यहाँ तक कि वो घुटनों के बल बैठकर भीख माँगती रहीं। कभी पुलिस वालों से, कभी अपने वाहेगुरु से। लेकिन उनकी किस्मत पुलिस ने लिख दी थी।

एक हफ्ते बाद जत्थेदार गुरदेव सिंह काउंके ने मेरे पिता को अवैध हिरासत से रिहा करवा दिया। मगर वे यातना से कभी उबर नहीं पाए। जब उन्होंने उस रात मेरी माँ को देखा, तो मैंने अपने पिता की आत्मा को उनकी आँखों से जाते हुए देखा था। वे कुछ साल जिंदा रहे। मुझे यकीन नहीं था कि मेरे पिता तब तक उस काले और नीले शरीर में रह रहे थे।

एक हफ्ते बाद जत्थेदार गुरदेव सिंह काउंके ने मेरे पिता को अवैध हिरासत से रिहा करवा दिया। मगर वे यातना से कभी उबर नहीं पाए। जब उन्होंने उस रात मेरी माँ को देखा, तो मैंने अपने पिता की आत्मा को उनकी आँखों से जाते हुए देखा था। वे कुछ साल जिंदा रहे।

जत्थेदार काउंके ने मुझे सँभाल लिया। मैं गुरुद्वारा स्कूल में पढ़ता था। मैंने वहीं गाड़ी चलाना सीखा। उनकी कार भी चलाई। हम दिन में गुरुद्वारा परिसर में खेलते, प्रार्थना करते। वहीं से मैंने कबड्डी के अपने पहले गुण सीखे। मैं शुरू से ही औसत लड़का था। जत्थेदारजी की लाख कोशिशों के बाद भी मैं पढ़ाई में कभी अच्छा नहीं कर पाया। मैं ग्यारहवीं कक्षा की परीक्षा में फेल हो गया और फिर कभी स्कूल नहीं गया।

कुछ महीनों के बाद गरमी की छुट्टियाँ खत्म हुईं, तो मैं घर लौट आया। मैं खेतों में काम करने लगा। हालाँकि जत्थेदार काउंके ने मानवाधिकारों के हनन के लिए पुलिस पर दबाव डालना जारी रखा। तब तक वे पंजाब पुलिस के लिए काफी मुसीबत बन चुके थे। पुलिस वाले अकसर उन पर उग्रवादियों को पनाह देने का आरोप लगाते थे। उन्हें कई बार उठाया गया। यहाँ तक कि उन्हें प्रताड़ित भी किया गया, लेकिन हर बार उन्हें रिहा करना पड़ा।

कुछ महीनों के बाद गरमी की छुट्टियाँ खत्म हुईं, तो मैं घर लौट आया। मैं खेतों में काम करने लगा। हालाँकि जत्थेदार काउंके ने मानवाधिकारों के हनन के लिए पुलिस पर दबाव डालना जारी रखा। तब तक वे पंजाब पुलिस के लिए काफी मुसीबत बन चुके थे।

दिसंबर 1992 में जत्थेदार काउंके को एक आतंकवादी की हत्या के बारे में जानकारी होने के संदेह में आखिरी बार उठाया गया। इसके बाद जत्थेदार कभी भी वापस नहीं लौटे।

1995 के अंत तक पंजाब में आतंकवाद समाप्त हो गया। इस तरह पुलिस के हाथों हमारा उत्पीड़न भी समाप्त हो गया। मैंने वो दौर देखा है और शायद इसलिए खाकी पगड़ी का खौफ अब तक मुझे डराता है।

दो दिन बाद जस्सी ने बम गिराया। 'हम जल्दी जा रहे हैं…।'

'क्या? क्यों…?'

'माँ ने वापसी के टिकट भी ले लिये हैं। उन्होंने कहा है कि बिजनेस में कुछ गड़बड़ हो गई है।' उसकी आँखों के कोने से आँसू बहने लगे।

'ओह…' मैं बस इतना ही कह पाया। मैंने जैसे अपनी आवाज खो दी। मेरे दिल पर एक चट्टान गिर पड़ी थी और वह मुझे नीचे दबा रही थी।

'हमारा क्या होगा··· ?' उसने पूछा।

मैं हक्का-बक्का रह गया, 'हम कैसे बात करेंगे···चलो कहीं भाग जाते हैं मिट्ठू···' उसने कहा।

मेरी रगों में खून लौट आया। जस्सी मेरे लिए हर खतरा उठाने को तैयार थी।

'नहीं···नहीं···' मैंने उसकी बात काट दी।

'लेकिन क्यों··· ?' वह झुँझलाकर बोली।

'यह ठीक नहीं है। तुम जानती हो, हम भाग नहीं सकते जस्सी! हम छुप भी नहीं सकते, क्योंकि भागने या छिपने के लिए कोई जगह ही नहीं है। तुम अपने माता-पिता से बात करो। मैं अपनी बात करता हूँ। कोई-न-कोई रास्ता निकल ही आएगा।'

'···बस एक ही रास्ता है। तुम कनाडा चले आओ···' जस्सी बोली।

'लेकिन क्यों··· ?' वह झुँझलाकर बोली।

'यह ठीक नहीं है। तुम जानती हो, हम भाग नहीं सकते जस्सी! हम छुप भी नहीं सकते, क्योंकि भागने या छिपने के लिए कोई जगह ही नहीं है। तुम अपने माता-पिता से बात करो। मैं अपनी बात करता हूँ। कोई-न-कोई रास्ता निकल ही आएगा।'

मैंने निराशा में अपने कंधे उचकाए, मैं कनाडा कैसे आ सकता हूँ? मैं तो इतना काबिल भी नहीं हूँ···मेरे पास पैसे भी नहीं हैं?'

'डरो मत मिट्ठू! हार ना मानो। मैं कुछ इंतजाम करती हूँ।'

जस्सी मेरे सीने से चिपक गई। बाकी बातचीत टल गई। मेरी बाँहों में हमारे सीनों से धड़कते हुए दिलों को छोड़कर हमारा सबकुछ फिसल गया।

तब भी ऐसा लग रहा था मानो मौत दरवाजे पर दस्तक दे रही हो। लेकिन यह अलगाव की मौत थी।

'तुम जो चाहो करो, लेकिन मुझे किसी परेशानी में मत डालना…' संतोष ने रसोई से प्रवेश करते ही उस खामोशी को तोड़ दिया।

'तुम तो एक-दूसरे को गले लगाते रहो। मैं ही वह हूँ, जिसे मार डाला जाएगा। अब घर जाओ मिट्‌ठू… ?'

मैं आधे-अधूरे पैरों से वापस लौट आया। जस्सी समंदर पार जा रही थी। अब मैं कैसे जिंदा रहूँगा ?

□

9

मिट्ठू

मेरे दोस्त मुझसे कहते हैं कि मैं सारा दर्द निगल लूँ। लेकिन उसकी जुदाई, उसकी पीड़ा, उसकी बेबसी, हमलावरों के नुकीले वार मैं कैसे भूल सकता हूँ? ये जहर कैसे हजम कर सकता हूँ? मेरी अंतरात्मा पर उन घावों की पीड़ा है···घाव, जो मौत के घाट उतारते हैं। लेकिन यादों के जख्म उनसे भी ज्यादा गहरे और बहुत गहरे हैं। लगता है, जैसे कोई गिद्ध हर वक्त मेरे धड़कते हुए दिल का मांस निकालता रहता है··· और मैं बेबस हूँ, बेसहारा हूँ, कमजोर हूँ! मैं अपने जिस्म को नोचते देख ही सकता हूँ। खुद को बचा भी नहीं सकता। यह तड़प उस समय और भी बढ़ गई थी, जब उस सिपाही ने एक प्लास से मेरा एक नाखून खींच निकाला था और मुझे यह कबूल करने के लिए मजबूर किया था कि मैंने जस्सी का अपहरण और बलात्कार किया था।

दर्द का यह पल ऐसा होता है, जब पानी भाप में बदलने लगता है या जब कोई गुलाब को तोड़कर उसकी पंखुड़ियों को एक-एक करके अलग करता है। जब वह अपने जीवन के स्रोत से अलग हो जाता है, तो अपने टूटने के बिंदु पर दुःख का अनुभव करता है, या तब, जब कैटरपिलर तितली में बदल जाता है। तब वह दर्द का प्रतीक होता है। एक सुंदर पंखोंवाली तितली में बदलने से पहले वह उस बेपनाह दर्द से गुजरता है। लेकिन मैं वो तितली हूँ, जो उस पल में फँस गई थी, जब वह उस दर्दनाक परिवर्तन के कगार पर थी। मैं वहाँ कभी पहुँचा ही नहीं।

मेरा जीवन भयानक रहा, सुंदर नहीं। मैं उस सटीक क्षण में रहता हूँ, जहाँ कैटरपिलर को केवल दर्द सहने की सजा दी गई है। हमेशा–हमेशा के लिए! जैसे वह अपने काले और सफेद फ्रेम को रँगने के लिए अपनी छाती और रंगों के पंखों के फूटने का इंतजार कर रहा हो। यह क्षण मेरे जीवन का शेष है।

जस्सी इतनी बोल्ड थी कि उसने मुझे भी डरा दिया था। मैं अकसर उससे कहता था कि वे उसे मुझसे छीन लेंगे और मैं अकेला मर जाऊँगा। मगर न तो मैं मरा और न जिंदा ही रह पाया। मगर वो जरूर मर गई। अब मेरी इच्छा है कि मैं इन शब्दों को बोलने वाली अपनी जीभ काट दूँ! पता नहीं मैंने अपने डर को ब्रह्मांड में कितनी ही बार उछालकर खुद पर गिराया था! शायद यह हालत उसी डर का ही सच्चा रूप है।

जस्सी इतनी बोल्ड थी कि उसने मुझे भी डरा दिया था। मैं अकसर उससे कहता था कि वे उसे मुझसे छीन लेंगे और मैं अकेला मर जाऊँगा। मगर न तो मैं मरा और न जिंदा ही रह पाया। मगर वो जरूर मर गई। अब मेरी इच्छा है कि मैं इन शब्दों को बोलने वाली अपनी जीभ काट दूँ!

मैं सोचता हूँ, मैं अब तक जिंदा कैसे हूँ? मर जाता तो उन पुलिस वालों के घर कुछ वक्त के लिए अमीर हो जाते, जिन्होंने कनाडा नवाब के हुक्म पर सात समंदर पार से हिंदुस्तान में मुझ पर कहर ढाया था।

जस्सी जीवन की एक शक्ति थी। वह एक्शन में विश्वास रखती थी। उसने न सिर्फ अपने परिवार को, बल्कि मुझे भी कई बार चौंकाया। वर्ष 1997 में मुझसे मिलने के करीब 20 दिन बाद जस्सी को वापस कनाडा जाना था।

उसके जाने से एक दिन पहले संतोष उसका संदेश मेरे पास लेकर

आई··· 'अब मैं आपकी हूँ···मैं आपके बिना नहीं जी सकती···।'

···और उसने ठीक वैसा ही किया। उसका परिवार गाँव से पाँच सौ किलोमीटर दूर इंदिरा गांधी अंतरराष्ट्रीय हवाई अड्डे की यात्रा के लिए किराए पर ली गई दो टैक्सियों में सवार होने के लिए तैयार था। फ्लाइट तीन बजे की थी। उन्होंने एक दिन पहले दोपहर करीब दो बजे निकलने की योजना बनाई थी।

तभी मेरा दिल जोरों से धड़का। वह बिंदरी के साथ मुसकराते हुए मेरे पास आई। बिंदरी ने मुझे आकर बताया कि जस्सी ने अपने पासपोर्ट और टिकट पर चाय बिखेर दी थी और फिर पासपोर्ट साफ करने की कोशिश में अपनी फोटो को खराब कर दिया था। मैं खुशी से झूम उठा।

बिंदरी उसके घर पर टैक्सी ड्राइवर दोस्तों के साथ सूटकेस व्यवस्थित करने में उनकी मदद कर रहा था। मैं सोनू के साथ गाँव के बस अड्डे की बगल वाली चाय की दुकान पर चाय के साथ अपनी विवशता को पीने की कोशिश कर रहा था। मेरा दिल डूब रहा था, 'मैं जस्सी के बिना कैसे रहूँगा··· ?'

तभी मेरा दिल जोरों से धड़का। वह बिंदरी के साथ मुसकराते हुए मेरे पास आई। बिंदरी ने मुझे आकर बताया कि जस्सी ने अपने पासपोर्ट और टिकट पर चाय बिखेर दी थी और फिर पासपोर्ट साफ करने की कोशिश में अपनी फोटो को खराब कर दिया था। मैं खुशी से झूम उठा। मुझमें जैसे प्राण लौट आए! कुछ दिन ही सही, मगर जस्सी के साथ कुछ और दिन, कुछ और हसीन पल बिताए जा सकते थे।

'मुझे बहुत डर लग रहा है। एक हफ्ता शायद···' जस्सी ने रोते हुए मुझसे कहा था, 'पैसा यहाँ सबकुछ रिकॉर्ड समय में काम करवाता

है। चाचा सभी को जानते हैं। उन्होंने कहा कि पासपोर्ट एक हफ्ते में आ जाएगा।'

'तुम्हारे साथ एक-एक मिनट मेरे लिए बहुत है···' मैंने उसे शांत किया।

'मैं तुमसे प्यार करती हूँ···' उसका सिर मेरी गोद में था। वो मेरी उँगलियों से खेल रही थी। '···चलो कहीं भाग जाते हैं। मैं इस तरह नहीं जी सकती।'

'मुझे पता है मेरी गुड़िया, लेकिन यह कोई जीवन नहीं है। हमें कनाडा की जरूरत है···' मैंने कहा।

जस्सी ने उठकर मेरा सामना किया···उसकी आँखों में रोष था।

'मुझे पता है मेरी गुड़िया, लेकिन यह कोई जीवन नहीं है। हमें कनाडा की जरूरत है···' मैंने कहा। जस्सी ने उठकर मेरा सामना किया···उसकी आँखों में रोष था।

'तुम मुझसे प्यार करते हो न··· कहीं तुम मुझे कनाडा आने का जरिया तो नहीं समझ रहे···?' उसकी आँखों में क्रोध था।

'जस्सी···क्या तुम पागल हो···? जब मुझे तुमसे प्यार हुआ, तो मुझे यह भी पता नहीं था कि तुम कनाडा, अमेरिका या कहीं और कहाँ से हो···।'

'इसीलिए···आपको नहीं लगता कि हमारे साथ रहने का मतलब उस जगह से कहीं ज्यादा है, जहाँ हम हैं···उसने मेरी बाँहें पकड़ लीं··· यही मेरा स्वर्ग है···चाहे मैं कनाडा में रहूँ या इंडिया के किसी गाँव में।'

'हाँ···मैं भी तुमसे प्यार करता हूँ, मेरी जान···' मैं तड़प उठा। 'लेकिन हम यहाँ नहीं बचेंगे। न तो समाज हमको छोड़ेगा और न ही यहाँ की पुलिस और कानून। वे हमें मार डालेंगे।'

'हुँह···वे ऐसा नहीं करेंगे। मैं ऐसा नहीं होने दूँगी। लेकिन अगर

तुम मुझे किसी विदेशी सपने के लिए इस्तेमाल कर रहे हो तो मैं खुद तुमको मार डालूँगी।' वह गुर्राई और उसने अपना सिर वापस मेरी गोद में रख लिया।

मैंने अपने जीवन में कभी शराब को हाथ नहीं लगाया था। लेकिन एक ही दिन में मैं एक पूरी बोतल में बदल गया। मेरी उम्मीद के विपरीत, जस्सी के मामा बदेशा साहब जल्दी से उसका नया पासपोर्ट बनवा लाए और अगले पाँच दिन बाद उनका परिवार गाँव से एयरपोर्ट के लिए निकल गया। मैं चाहता था कि दुनिया का अंत हो जाए! मैंने सर्वनाश की कामना की, जिसमें सिर्फ जस्सी और मैं बच जाएँ!

शराब की दुकानों से सटे एक अहाते में मेरा मन अपनी जस्सी के साथ आदम और हव्वा की तरह एक खुले द्वीप पर था। तभी जंगली सूअर और विशाल गिद्धों ने हम पर हमला किया और हर बार मैंने उनको लकड़ी के लट्ठों या अपने हाथों से मार गिराया।

शराब की दुकानों से सटे एक अहाते में मेरा मन अपनी जस्सी के साथ आदम और हव्वा की तरह एक खुले द्वीप पर था। तभी जंगली सूअर और विशाल गिद्धों ने हम पर हमला किया और हर बार मैंने उनको लकड़ी के लट्ठों या अपने हाथों से मार गिराया। इस प्रक्रिया में मुझे भी चोटें आईं। मैं सस्ती व्हिस्की का एक और गिलास लेता हूँ···जिसका नाम मुझे याद नहीं है।

जस्सी को मेरे पास वापस आने में चार साल दो महीने लग गए। क्या मैं दुःखी था··· ? हाँ, निश्चित तौर पर मैं था। मैं कबड्डी नहीं खेल सका। मैं कसरत नहीं कर सका। मैं खेतों में काम नहीं कर सका। मैं पूरे दिन अपने कमरे में रहता या बिंदरी के घर पर। वह मुझे लैला-मजनू की प्रेम कहानी का मशहूर प्रेमी 'मजनू' कहने लगा था।

जब लैला शादी के बाद उससे अलग हो गई, तो मजनू बेहाल हो गया था। ठीक मेरी तरह। ये मैं ही जानता हूँ, ये मजनूँ किस दौर से गुजर रहा था!

जस्सी को गए महीने से ऊपर हो गया था। मैं जस्सी की शादी होने के खौफ में था। एक तरह से मैंने उस पल में अपनी मौत को देख लिया था। यह सोच-सोच कर मेरा दिल टुकड़े-टुकड़े हो जाता था। फिर एक दिन उसकी चिट्ठी आई। इस चिट्ठी में मेरी साँसें थीं। फिर तो यह सिलसिला चल निकला।

जस्सी की उन चिट्ठियों के साथ मेरा जीवन लौट आया था। उनमें उसकी खुशबू थी। उसके होंठों के निशान थे। कागज पर छोटी-छोटी झुर्रियाँ होती थीं। शब्द जगह-जगह धुँधले होते थे। शायद वह रोते-रोते लिखती थी। उसने कभी उन्हें छिपाने की कोशिश भी नहीं की थी। फूलों को वह हमेशा हाशिए पर खींचती थी। ये खत चलते रहे। हर शब्द उसके साहस से भरा होता था। उसके हर फूल में उग्र, लेकिन एक नाजुक आत्मा थी।

कभी-कभी आज भी मैं खुद को खतों को देखने की अनुमति देता हूँ। मेरे पास छापेमारी करने वाले पुलिसवालों की नजरों से वे बच गए थे, उसके कुछ खत आज भी हैं। वरना तो उन्होंने इतने बरसों में मेरे लगभग तमाम दस्तावेज छीन ही लिये हैं। जब मैं छह अलग-अलग मामलों में जेलों में था, तब मेरे परिवार के लोग भी हार गए।

□

10

चिट्ठियाँ

तारीख 3 अप्रैल, 1995

प्रिय मिट्ठू,

12 गुलाब और चुंबन के निशान···

प्यार भरी सत श्री अकाल···। (रोमन पंजाबी)

प्रिय तुम कैसे हो··· ? मैं यहाँ कनाडा में बहुत दुःखी हूँ। मैं तुमसे मिलने के लिए बेकरार हूँ। जब मैं गाँव से निकली थी, मैंने तब तुमको देखा था। मैं यहाँ हूँ, मगर मेरी रूह तुम्हारे साथ है, खूबसूरत काउंके में। मैं तुमसे बहुत प्यार करती हूँ। मेरा दिल टूट रहा है।

(एक दोहा लिखा है, मगर धुँधला-सा···।)

तरह-तरह के···

मैंने अपनी पलकों पर महलों के सपने बुने।

आँसुओं ने मेरा मजाक उड़ाया···

मैं अपने दिल की तमन्ना साझा करती हूँ···लोग सोचते हैं कि वे फूल हैं···।

प्रिय मिट्ठू···

आई लव यू! तुम्हारी याद मुझे बहुत तड़पाती है। मैं तुमको याद करती हूँ। मैं खुश नहीं हूँ। जब से मैं वापस आई हूँ, सिर्फ और सिर्फ

तुम्हारे बारे में ही सोचती रहती हूँ। मैं पत्र भी नहीं लिख सकी, इसके लिए मुझे वास्तव में बहुत अफसोस है। मैं लिख नहीं सकती थी, क्योंकि मैं बहुत परेशान थी और मुझे कहीं भी या किसी भी काम में शांति नहीं मिल रही थी। मुझे लगता था कि हम कभी नहीं मिल पाएँगे।

जब हम रात के अँधेरे में मिलते थे, तो हम अँधेरे में एक-दूसरे के चेहरों को ठीक से नहीं देख पाते थे। हम हमेशा पकड़े जाने से डरते थे। शादियाँ लोगों को बहुत खुश करती हैं। मगर मुझे तो खुशी तब मिलेगी, जब तुम यहाँ पहुँचोगे। तभी मेरे सारे सपने सच होंगे। भगवान् तुमको यहाँ आने के लिए सक्षम बनाएँ, क्योंकि उन्होंने ही हमें मिलाया है। मिट्ठू, लोगों से झगड़ा मत करना। अगर तुमको कुछ हो गया तो मेरा क्या होगा? यहाँ आने तक किसी से झगड़ा करने की जरूरत नहीं है। किसी को कुछ भी बताने की जरूरत नहीं है। तुम इस दुनिया को नहीं जानते। बस, चुपचाप काम करते रहो। मिट्ठू, तुमने मुझे जो पायल दी है, वह मैं पहनती हूँ और मैंने अपनी नाक फिर से छिदवा ली है। मैं तुमको फोटो भेजूँगी। जब भी तुमको कागजात मिलें, उनको भरना और मुझे तुरंत वापस भेज देना।

जब हम रात के अँधेरे में मिलते थे, तो हम अँधेरे में एक-दूसरे के चेहरों को ठीक से नहीं देख पाते थे। हम हमेशा पकड़े जाने से डरते थे। शादियाँ लोगों को बहुत खुश करती हैं। मगर मुझे तो खुशी तब मिलेगी, जब तुम यहाँ पहुँचोगे। तभी मेरे सारे सपने सच होंगे।

इसके अलावा गुरु नानक ट्रैवल्स के पास जाना, न कि गोयल के पास। मीना ने वहीं से अपने कागजात बनवाए थे। गोयल फर्जी शादी घोटाले में फँसा था और उसकी इमेज भी खराब है।

□

14 फरवरी, 1998

वैलेंटाइंस डे

दूसरी चिट्ठी जो मेरे पास है, वह उसने 1998 के वेलेंटाइन डे पर लिखी थी। लगभग दो साल हम चिट्ठियों के सहारे ही जिंदा थे।

'वेलेंटाइन प्रेम का दिवस। यह दिन प्यार वाला दिन है। जो कोई भी किसी से प्यार करता है, वह उसे याद करता है। अगर मिट्ठू, तुम मुझसे प्यार करते हो तो तुमको मेरे कार्ड मिल जाएँगे। तुमने मुझसे फोन पर कुछ माँगा है।

'वेलेंटाइन प्रेम का दिवस। यह दिन प्यार वाला दिन है। जो कोई भी किसी से प्यार करता है, वह उसे याद करता है। अगर मिट्ठू, तुम मुझसे प्यार करते हो तो तुमको मेरे कार्ड मिल जाएँगे। तुमने मुझसे फोन पर कुछ माँगा है। तुमको याद है···कार्ड देखते ही तुम्हें याद आ जाएगा। यह तुमको खुश कर देगा।

वैलेंटाइन डे मुबारक हो···

मैं तुमसे प्यार करती हूँ मेरी जान··· !

तुम अपनी फोटो कब भेजोगे··· ?

1. अपनी फोटो पोस्ट करो···
2. दूसरी फोटो···समझे··· ।

पेज के बाईं ओर आखिर में गुलाब की एक फोटो··· ।

काश, तुम यहाँ होते! मेरी यह बड़ी इच्छा है कि मैं इसी पल तुम्हारे पास आ जाऊँ! तुम्हारे साथ रहूँ! उदासी ने मुझे घेर लिया है। इसलिए मैं तुमको कॉल नहीं कर सकी। मैं नींद में तुम्हारा नाम ले रही थी और कह रही थी कि मुझे मेरा मिट्ठू दे दो। मैंने मीना को फोन करने की बहुत

कोशिश की। लेकिन मीना का फोन बहुत बिजी था। फिर मुझे लौटकर आना पड़ा। मिट्ठू, मेरे पापा बहुत गुस्से में हैं। उनको मेरे और तुम्हारे बारे में पता चल गया है। अब वे मेरे साथ भी नहीं बैठते।

मीना जस्सी की पक्की दोस्त थी। वो हमारे बारे में सब जानती थी और वो हमेशा जस्सी की मदद करती थी। अगर वो न होती तो हमारी कहानी वहीं दम तोड़ देती।

□

तारीख 9 दिसंबर, 1999

शुरुआत में कई दिल के आकार के 17 चित्र।

पहला पैरा अंग्रेजी में है···

नमस्कार मेरे सोनू-मोनू मिट्ठूजी···।

क्या हाल है? आशा है कि तुम मजे में होंगे। मैं अच्छी हूँ। मुझे तुमसे फोन पर बात करते हुए बहुत समय हो गया है। मुझे तुम्हारी बहुत याद आती है जानेमन! मैं रोज खुद को डाँट रही थी कि कॉल क्यों नहीं कर पा रही थी? मुझे आशा है कि तुम मुझ पर नाराज नहीं होंगे। जब मैं फोन करती हूँ, तो मैं कोई कसम नहीं सुनाना चाहती। खैर··· मुझे तुम्हारा पत्र मिला है। मैं इतनी खुश थी कि तुमने मुझे खत तो लिखा! मैं बेसब्री से इसी का इंतजार कर रही थी···।

क्या हाल है? आशा है कि तुम मजे में होंगे। मैं अच्छी हूँ। मुझे तुमसे फोन पर बात करते हुए बहुत समय हो गया है। मुझे तुम्हारी बहुत याद आती है जानेमन! मैं रोज खुद को डाँट रही थी कि कॉल क्यों नहीं कर पा रही थी? मुझे आशा है कि तुम मुझ पर नाराज नहीं होंगे।

(पंजाबी में···)

हैलो मिट्ठू···तुम कैसे हो? मैं ठीक हूँ। अपना ध्यान रखना, मिट्ठू,

मुझे तुम्हारा खत मिला···खुशी हुई। मिट्ठू···मैं तुमसे मिलने के लिए मर रही हूँ। मैं तुमसे बहुत दूर, बहुत-बहुत दुःखी हूँ। मेरा दिल रोता है। मैं तुम्हें बता नहीं सकती कि मैं कितनी दुःखी···कितनी अकेली हूँ? मैं खुद से कहती हूँ कि मैंने कोई गलती नहीं की है···मैंने प्यार किया है। मैं रोती हूँ। जब मैं अकेली होती हूँ, तो रोती हूँ। मैं बहुत बीमार हो गई थी। तेज बुखार था। मुझे यह कहीं भी पसंद नहीं आया।

□

पत्र-19

एक और पत्र, जिसमें कोई तारीख नहीं है।

नमस्ते···क्या हाल है? मैं जी रही हूँ। मुझे तुम्हारी बहुत याद आती है जानेमन! मुझे तुम्हारी हैप्पी दिवाली वाला कार्ड मिला है। मैं बहुत खुश हूँ। तुम्हें भी दीपावली की बहुत-बहुत शुभकामनाएँ। बहुत-बहुत धन्यवाद! मैंने सोचा था कि तुम मुझे दिवाली पर याद नहीं करोगे।

फिर से गुलाबों से भरा पन्ना।

अंग्रेजी में पहला पैरा···

नमस्ते···क्या हाल है? मैं जी रही हूँ। मुझे तुम्हारी बहुत याद आती है जानेमन! मुझे तुम्हारी हैप्पी दिवाली वाला कार्ड मिला है। मैं बहुत खुश हूँ। तुम्हें भी दीपावली की बहुत-बहुत शुभकामनाएँ। बहुत-बहुत धन्यवाद! मैंने सोचा था कि तुम मुझे दिवाली पर याद नहीं करोगे। लेकिन तुमने किया। आई लव यू मिस्टर सुक्खी! मैं तुमको सुक्खी ही बुलाऊँगी, ताकि दुनिया तुमको हमेशा सुखी रखे। तुम तो हमेशा दुःखी ही रहते हो!

(पंजाबी में···)

मेरे जीवन से कीमती···मेरे दिल के टुकड़े मिट्ठू सिंह···क्या हाल हैं···? तुम्हारे बिना यहाँ मेरी हालत बहुत खराब है। मैं खुश नहीं हूँ। तुम

शायद मुझे भूल गए हो। मैं तुम्हारे बारे में एक पल भी नहीं भूल सकती। मुझे तुम्हारा दिवाली कार्ड पसंद आया। इसने मुझे खुश कर दिया। तुमने मुझे उस दिन याद किया। मुझे तुम्हारा कोई पत्र नहीं मिला। तुमने मेरे पत्र का उत्तर नहीं दिया। अगर मैंने तुम्हें किसी भी तरह से ठेस पहुँचाई हो तो मुझे माफ कर देना। आई एम सॉरी···ओ माई ब्यूटीफुल···जानेमन···!

□

पत्र–20

पन्ना फिर से गुलाबों से भरा है।

माई डियर सुखविंदर सिंह (मिट्ठू)

क्या हाल हैं··· ? मैं ठीक हूँ। मुझे आशा है कि तुम भी ठीक होंगे। मुझे तुम्हारी बहुत याद आती है। कृपया मुझे बताओ, तुम्हारा कोई पत्र मुझे अब तक क्यों नहीं मिला··· ? मैंने तुम्हें दो पत्र लिखे, लेकिन तुमने कोई जवाब नहीं दिया। शायद पोस्ट ऑफिस वालों की हड़ताल की वजह से पत्र खो गया हो··· ? कृपया जल्द-से-जल्द लिखो। तुम्हारी बहुत याद आती है।

हैलो मिट्ठू, कैसे हो तुम···जरूर बताओ। तुमने मुझे कोई पत्र क्यों नहीं लिखा··· ? मैंने तुमको दो पत्र लिखे, लेकिन तुम्हारी ओर से कोई जवाब नहीं मिला। यहाँ डाक पोस्ट की हड़ताल थी। तुमको लिखना होगा।

(पंजाबी में···)

हैलो मिट्ठू, कैसे हो तुम···जरूर बताओ। तुमने मुझे कोई पत्र क्यों नहीं लिखा··· ? मैंने तुमको दो पत्र लिखे, लेकिन तुम्हारी ओर से कोई जवाब नहीं मिला। यहाँ डाक पोस्ट की हड़ताल थी। तुमको लिखना होगा। मेरे प्यार की कसम···(यह एक और पत्र का पहला पेज लगता है। यह पत्र नंबर 16 के जैसा है।)

□

15 अक्तूबर, 1999

दिल के आर-पार निकले तीर की फोटो…।

कैसे हो मेरी जान…? मैं तुमको बहुत याद करती हूँ। तुम मुझे पागल बना रहे हो। मुझे लगता है कि मैं एक दिन पागल हो जाऊँगी। मैं तुम्हारे बारे में हर सेकेंड, हर मिनट, हर पल सोचती रहती हूँ। रातों में तुम्हारे ही सपने देखती हूँ, जब मैं तुम्हारी बाँहों में सो रही होती थी।

कैसे हो मेरी जान… ? मैं तुमको बहुत याद करती हूँ। तुम मुझे पागल बना रहे हो। मुझे लगता है कि मैं एक दिन पागल हो जाऊँगी। मैं तुम्हारे बारे में हर सेकेंड, हर मिनट, हर पल सोचती रहती हूँ। रातों में तुम्हारे ही सपने देखती हूँ, जब मैं तुम्हारी बाँहों में सो रही होती थी।

नमस्ते मेरी जान…मेरे प्यारे-प्यारे पति! क्या हाल है? …मैं ठीक हूँ। तुम्हारी मीठी याद मुझे बहुत सताती है। भगवान् ने तुम्हें इतना मीठा क्यों बनाया है…? अब भगवान् खुश लग रहे हैं। आपके बारे में अच्छी बातें कर रहे हैं। तुम मेरे प्यारे पति हो। मैं अपनी बात किसी और को कैसे बता सकती हूँ? तुम्हारे बिना जीवन खाली है। जब तुम मेरे करीब हो तो जीवन स्वर्ग है।

(शेष अपठनीय है।)

बीच-बीच में वह भावनात्मक मजबूती की बात करती है। कहती है, मिट्ठू तुम बहुत लकी हो। तुम जल्दी कनाडा आ जाओगे। मिट्ठू को चिंता नहीं करने के लिए कहा गया है।

□

11

इंतिहा

जब मैं जस्सी की आवाज सुनने के लिए अपनी साइकिल से 20 किलोमीटर दूर जाता था, तब सर्द रातों में चाँद मुझे रास्ता दिखाता था। मेरी मंजिल जगराँव में सोनू का पीसीओ पब्लिक कॉल ऑफिस होती थी। यह कई पीसीओ में से एक था, जहाँ लोग अपने रिश्तेदारों और दोस्तों को अंतरराष्ट्रीय फोन कॉल करने के लिए लाइन में खड़े रहते थे।

यह आमतौर पर आधी रात या उससे भी आगे तक बिजी रहता था और फिर लोग भोर के समय उठना शुरू कर देते थे। जस्सी और मैंने एक-दूसरे को अनगिनत पत्र लिखे। उसने अंग्रेजी में और मैंने पंजाबी में। बाद में उसने मेरे लिए पंजाबी सीखी। लेकिन मैं कभी अंग्रेजी नहीं सीख सका। काश, मैंने उसके साथ रहने के लिए और कुछ भी कर लिया होता! हमने एक-दूसरे से वादा किया था कि चाहे कुछ भी हो जाए, हम हर पूर्णिमा के दिन फोन पर बात जरूर करेंगे। उसने चाँद पर नजर रखी। कई चीजों में से एक उसने मेरे लिए यह भी की।

अकसर मैं उनकी चिट्ठियों के साथ सो जाता हूँ, जो मेरे पास आज भी हैं। कुछ पन्नों पर उसके होंठों के निशान अभी भी हाथ से रँगे गुलाब और फूलों के साथ हैं। उसने अपनी खुशबू अपने खतों में छोड़ी है।

1999 मार्च में जस्सी लौट आई। इस बार हमने एकजुट होने की ठानी। हमने यही किया। हम फिर से द्वीप पर एक साथ थे। मैंने उसे वापस

अपनी बाँहों में ले लिया, फिर से शिकारियों का सामना करने के लिए।

मैंने उनकी गड़गड़ाहट को अपने आसपास सुना। मैंने उठने की कोशिश की, लेकिन उठ नहीं पाया। एक धमाका-सा हुआ। एक दरवाजा खुला और मैंने देखा कि बड़ी तादाद में जंगली जानवर मेरी ओर बढ़ रहे थे···मुझ पर झपट रहे थे। मुझे पकड़ रहे थे। मैं चीख रहा था···जस्सी··· जस्सी! मुझे एक जीप में बाँध दिया गया। ये पुलिस वाले थे।

जब मुझे कुछ होश आया, तो मैंने खुद को पुलिस लॉक-अप में बँधा पाया। एकदम नंगा!

मैं कहाँ हूँ···जस्सी कहाँ है··· ? होश में आने पर यह मेरा पहला सवाल था। 'तूने ड्रग्स कहाँ छिपाए हैं ? ···एक पुलिस वाला चिल्लाया। दो मोटे सिपाहियों ने लाठियों के साथ मेरी बाँहें उठाईं।

मैं कहाँ हूँ···जस्सी कहाँ है··· ? होश में आने पर यह मेरा पहला सवाल था। 'तूने ड्रग्स कहाँ छिपाए हैं ? ···एक पुलिस वाला चिल्लाया। दो मोटे सिपाहियों ने लाठियों के साथ मेरी बाँहें उठाईं।

'कौन से ड्रग्स···और तुम मुझे यहाँ क्यों लाए हो···जस्सी कहाँ है··· बिंदरी कहाँ है··· ?'

छप-छप···मेरे चेहरे पर पानी की एक बाल्टी फेंकी गई। झटका, लात और थप्पड़! पानी ने मेरी आँखों को साफ कर दिया। मैंने अपने झुर्रीदार हाथ देखे। जस्सी एक दशक पहले चली गई थी। अच्छा हुआ उसने यह नरक छोड़ दिया। वह एक ही बार में मर गई, जबकि मैं अभी भी मर रहा हूँ टुकड़े-टुकड़े!

'तेरी जस्सी की वजह से ही तू यहाँ है···' पुलिस वाला चिल्लाया। 'वह मर गई, पर तूने अभी तक सबक नहीं सीखा। अभी भी उसके परिवार के खिलाफ शोर कर रहा है। अच्छा होगा अपना बयान वापस ले ले। समझौता कर ले। वरना तेरा भी वही हाल होगा।'

…नहीं, यह 1996 का वसंत नहीं था। बल्कि मई, 2012 थी। मुझे तीन दिनों तक मार-पीट का सामना करना पड़ा। हर बार मेरे शरीर की कभी कोई हड्डी टूटी, तो कभी मांस फटा। मगर हर बार मेरी जस्सी ने एक चुंबन लिया और मेरा सारा दर्द छूमंतर हो गया। इन जानवरों ने जब भी, जो भी कुछ किया, जस्सी ने उसे तुरंत ठीक कर दिया। जब वह एक पल के लिए भी मेरा साथ नहीं छोड़ती, तो मैं भला उसका साथ कैसे छोड़ सकता हूँ? मुझे तो ऐसा लगता है, जैसे वह हर पल मेरे साथ है। मेरी रूह में है। मेरे दिल में है। मेरी रगों में है। मेरे खून में है। मेरे पूरे वजूद में है।

जस्सी को मारने वालों को, उसको रुसवा करने वालों को बहुत भुगतना पड़ेगा। मुझसे भी कहीं ज्यादा! एक दिन वे भुगतेंगे और जरूर भुगतेंगे। उन नवाबों को भी, जिनके हुक्म पर जस्सी को मारा गया और उनको भी, जिन दरिंदों ने जस्सी को वो जानलेवा जख्म दिए। उसके जिस्म को नोचा। कहते हैं, पूत कपूत हो सकता है, माता कुमाता नहीं हो सकती। मगर यहाँ तो माता ही डायन बन गई! अपनी बेटी को ही खा गई! खा ही नहीं गई, बल्कि उस खून की प्यासी औरत ने अपनी ही बेटी का जिस्म नुचवाने के लिए वहशी दरिंदों को ही सौंप दिया! अगर वह आसपास होती तो शायद वह अपनी बेटी की लाश तक खाने पहुँच जाती!

जस्सी को मारने वालों को, उसको रुसवा करने वालों को बहुत भुगतना पड़ेगा। मुझसे भी कहीं ज्यादा! एक दिन वे भुगतेंगे और जरूर भुगतेंगे। उन नवाबों को भी, जिनके हुक्म पर जस्सी को मारा गया और उनको भी, जिन दरिंदों ने जस्सी को वो जानलेवा जख्म दिए। उसके जिस्म को नोचा।

यकीन मानिए, अगर कहीं ईश्वर है, तो सच का सामना तो उनको भी करना पड़ेगा और जरूर करना पड़ेगा। उनकी दौलत कितने वक्त

उनका साथ दे सकती है ? इतिहास गवाह है, आहों ने सल्तनतों को फना किया है, फिर बदेशा जैसों की तो बिसात ही क्या है ? इतना तो तय है कि न तो वो औरंगजेब की बराबरी कर सकता और न ही मलकीत कौर इतिहास की उन क्रूरतम औरतों के बराबर हो सकती, जिन्होंने पैसे और राज-पाट के लिए अपने ही परिवारों को नेस्तनाबूद किया। यकीन मानिए, ऊपर वाला इनसाफ करता है और जरूर करता है। इनसाफ की चक्की पीसती धीरे है, मगर पीसती बारीक है। खून की कीमत तो बदेशा को भी चुकानी पड़ेगी और अपने खानदान की तबाही के साथ चुकानी पड़ेगी। मैं इंतजार कर रहा हूँ।

□

12

शादी

जस्सी और मैंने एक-दूसरे को करीब ढाई सौ से ज्यादा खत लिखे होंगे। हमने 1997 के मध्य तक चिट्ठियों के माध्यम से ही बातचीत की। जस्सी ने मुझे हमारे घर में प्रीमियम पर एक लैंडलाइन फोन लगवाने के लिए पैसे भेजे। उन दिनों बाजार में सिर्फ और सिर्फ बीएसएनएल का ही लैंडलाइन फोन था। इसके लिए भी लंबी प्रतीक्षा सूची होती थी।

अफसरों और लाइनमैन की हथेली को गरम करने के बाद ही कुछ हो सकता था। उनकी फीस अदा करो या फिर लोकल सांसद से सिफारिश करवाओ! जब मैं जस्सी से फोन पर बात करने के लिए जगराँव में सोनू के पीसीओ के लिए देर रात साइकिल चलाकर जाता था, तो जस्सी को बहुत चिंता होती थी। फिर उसने कुछ पैसे भेजे और मुझे लैंडलाइन मिल गया।

हमारे लैंडलाइन फोन कनेक्शन के बारे में खबर फैलते ही गाँव में सभी की जुबान लड़खड़ा गई। सिर्फ गाँव के सरपंच और बदेशा के बाद हमारे घर को फोन रखने का सौभाग्य प्राप्त हुआ था। ईर्ष्या स्वाभाविक थी। मगर इतना महँगा फोन खरीदने के लिए पैसे के इंतजाम का सवाल सबसे बड़ा था। मगर सिर्फ यही बदलाव नहीं था। जस्सी ने मुझे पहले से ही एक मोटरसाइकिल, कई जींस, शर्ट और तीन साइड जिप्ड ट्रैक सूट के लिए पैसे दिए थे। इनमें ऊनी भी शामिल थे। उसने मेरे लिए क्रीम,

हेयर जैल और साबुन तक कुरियर से भिजवाए थे।

उसने मुझे फोन पर आदेश दिया, 'मैं नहीं चाहती कि मेरा मिट्ठू पंजाब के मैदानी इलाकों की कठोर गरमी में झुलसे। सुनिश्चित करो कि तुम्हारी स्किन सर्दियों में खराब न हो।'

उसने मुझे वर्क वीजा पर कनाडा लाने के लिए एक एजेंट को पाँच हजार अमेरिकी डॉलर का भुगतान भी कर दिया। मगर एजेंट ने मुझे भगा दिया। इससे जस्सी और मेरे बीच एक बड़ी गलतफहमी पैदा हो गई। मैं सोच रहा था कि उसने एजेंट को पैसे दिए ही नहीं और मुझसे झूठ बोल दिया! उधर वह सोच रही थी कि मैंने ही गलत कागज बनवाए। बाद में बात खुली, तो मुझे खुद पर गुस्सा भी आया और शर्म भी। मैं इतना लापरवाह कैसे हो सकता था? मैंने उससे माफी माँगी।

उसने मुझे वर्क वीजा पर कनाडा लाने के लिए एक एजेंट को पाँच हजार अमेरिकी डॉलर का भुगतान भी कर दिया। मगर एजेंट ने मुझे भगा दिया। इससे जस्सी और मेरे बीच एक बड़ी गलतफहमी पैदा हो गई।

उसे गहरा सदमा लगा था। उसके बाद उसने मुझे बहुत से आँसू भरे खत लिखे। गाँव में दोस्तों से ज्यादा हमारे दुश्मन थे। लेकिन मैं परेशान नहीं था। मैं हर रात बेडसाइड फोन से अपनी जस्सी से बात करता था। अकसर मैं फोन को एक्सटेंशन केबल से जोड़कर फोन को छत पर ले जाता था। वहाँ तारों के तले और चाँदनी रात में मैं अपनी जस्सी से घंटों बातें करता था।

चाँद हमारा गवाह है। जब मैं सोनू के पीसीओ के लिए जगराँव शहर तक पहुँचता था, तो उसने रास्ता रौशन किया था। फिर वह छत पर हमारे फोन पर होने वाली बातचीत का गवाह बना। सबकुछ खत्म हो जाने के बावजूद चाँद आज भी मेरे साथ खड़ा है। मेरे साथ रोया है,

जब मैं बार-बार जेल गया था, मेरी तरह उसे भी छह बार झूठे मुकदमों में फँसाया गया है। यहाँ तक कि उसने लॉकअप में रौशनदान के जरिए तक मेरा साथ दिया है।

शादी के बाद जब जस्सी और मैंने प्यार किया, तो भी चाँद हमारा गवाह था। पहले मैं एक चोर की तरह उस बड़े घर में घुसता था। उस घर की एक खिड़की से, जो मेरे घर की ओर खुलती थी। यह रिस्क सिर्फ जस्सी से उसके बेडरूम में मिलने के लिए होता था। हाँ, मैं अपनी जान जोखिम में डालकर हर बार उस घर में कदम रखता था।

शादी के बाद जब जस्सी और मैंने प्यार किया, तो भी चाँद हमारा गवाह था। पहले मैं एक चोर की तरह उस बड़े घर में घुसता था। उस घर की एक खिड़की से, जो मेरे घर की ओर खुलती थी। यह रिस्क सिर्फ जस्सी से उसके बेडरूम में मिलने के लिए होता था।

जब जस्सी की माँ और बदेशा परिवार गहरी नींद में सो जाते, तो मैं उसके घर में उसके बिस्तर में उसकी बाँहों में छह कीमती घंटे बिताता था।

उसकी मौसी को हमारे प्यार के प्रति पहले दिन से ही हमदर्दी थी। हालाँकि मैं उससे कभी नहीं पूछ सका कि क्यों··· ?

'मैं तुम्हारे बिना कनाडा वापस नहीं जा रही हूँ मिट्ठू···' जस्सी ने एक रात घोषणा की।

यह मार्च 1999 के आखिरी हफ्ते की बात है। मैं उसके कमरे से बाहर निकलने ही वाला था। खिड़की के बाहर भोर भूरे बादलों के बीच की खुलने लगी थी। यह हमारी साथ में तीसरी रात थी।

'मुझे पता है जस्सी···मैं भी तुम्हारे साथ रहने के लिए कुछ भी और कहीं भी करने के लिए तैयार हूँ। लेकिन कैसे···उस एजेंट ने सारे पैसे ले लिये और अब लगता है कि उसने खुद सारी गलतियाँ कीं और दोष

मेरे ऊपर लगा दिया! हर कोई कहता है कि एक बार वीजा मामले को खारिज कर दिया जाता है, तो इसे फिर से देखना मुश्किल हो जाता है।'

'इसकी चिंता मत करो। एक बार हमारी शादी हो जाने के बाद आपका वीजा कोई नहीं रोक सकता…' उसने कहा।

मेरे सीने में डर घुस गया, 'शादी…क्या तुम्हें यकीन है, जस्सी… तुम जानती हो तुम्हारा परिवार इसे कभी भी स्वीकार नहीं करेगा? वे हमें मार देंगे, लेकिन वे कभी मानेंगे नहीं।'

'अरे…उन्हें बताने की जरूरत नहीं है…' जस्सी ने मेरा हाथ थाम लिया, 'चलो शादी करते हैं और फिर सभी औपचारिकताएँ पूरी करते हैं… मैंने सब पता कर लिया है। हमें दोस्तों और रिश्तेदारों के साथ अपनी शादी की तसवीरें चाहिए। मुझे यकीन है कि आपके दोस्त इतना तो मैनेज कर ही सकते हैं…।'

'अरे…उन्हें बताने की जरूरत नहीं है…' जस्सी ने मेरा हाथ थाम लिया, 'चलो शादी करते हैं और फिर सभी औपचारिकताएँ पूरी करते हैं…मैंने सब पता कर लिया है। हमें दोस्तों और रिश्तेदारों के साथ अपनी शादी की तसवीरें चाहिए। मुझे यकीन है कि आपके दोस्त इतना तो मैनेज कर ही सकते हैं…।'

'हाँ, ये तो हो ही सकता है…' मैंने सहमति जताई।

'ओके, तब हमें बस अपनी शादी को रजिस्टर करवाने की जरूरत पड़ेगी। उसके बाद मैं आपके वीजा के लिए आवेदन करूँगी। यह सब आराम से हो जाएगा।'

'जस्सी। क्या तुम्हारे परिवार को पता नहीं चलेगा… ?' मेरे स्वर में घबराहट थी।

'मैं सब सँभाल लूँगी मेरी जान…मैं दस्तावेजों में अपने दोस्त का

पता दूँगी। लेकिन क्या तुम इस तरह का जोखिम उठाने के लिए तैयार हो··· ? उसका सवाल बहुत बड़ा था।

मैं एक पल के लिए चुप रहा। उसकी आँखों में गजब का हौसला था। वह मेरी होने के लिए हर खतरा उठाने को तैयार थी।

'बेशक जस्सी···कुछ भी हो जाए, हम साथ रहेंगे। चाहे वो भारत में ही क्यों न हो···' मैंने कहा और उसे गले से लगा लिया। मैंने उसके होंठों को चूमा और उस पल ऐसा लगा, जैसे पूरा ब्रह्मांड हमारा साथ दे रहा था।

हमारी शादी नौवें सिख गुरु श्री तेग बहादुरजी के नाम पर बने बाबा बकाला गुरुद्वारा साहिब में हुई थी। यह गुरुद्वारा हमारे गाँव से लगभग 105 किलोमीटर दूर है। जस्सी के परिवार या यहाँ तक कि हमारे गाँव तक का कोई भी आदमी हमारे इस खुफिया एक्शन के बारे में जान नहीं सकता था। बिंदरी और सोनू साथ ही थे। अब 'गुरुद्वारा विवाह' के बाद हम कानूनी रूप से एक हो गए थे। जस्सी ने हमारी शादी को बाबा बकाला तहसील में रजिस्टर कराने की भी योजना बनाई थी।

उस शाम जस्सी मेरी पत्नी के रूप में हवेली वापस गई। उसे अपने माता-पिता से लुधियाना में खरीदारी करने के लिए एक अन्य कनाडाई दोस्त के साथ खरीदारी करने के लिए केवल एक दिन का समय मिला था, जो भारत में रिश्तेदारों से मिलने गया था। उसके घर की खिड़की मेरे घर के सामने थी।

□

13

मिट्ठू और जस्सी की माँ आमने-सामने

17 सितंबर, 2017

बतौर पत्रकार मैंने इस मामले पर दो दशकों से ज्यादा शोध किया है। दो हफ्ते पहले मेरी माँ को ब्रेन स्ट्रोक हुआ था। लकवा उनकी दाहिनी ओर हमला कर छोड़ गया। अब वे अपने शेष जीवन के लिए पूरी तरह से बाहरी मदद पर निर्भर थीं। मेरी माँ उस समय इकहत्तर वर्ष की थीं। वे दर्द में थीं। मैंने उन्हें केवल एक जीवंत महिला के रूप में देखा था।

अस्पताल में उनके साथ बिताए दिन बहुत तकलीफदेह थे। मैंने काम से छुट्टी ले ली थी और माँ की सेवा में पीजीआई, चंडीगढ़ के प्राइवेट वार्ड में रह रहा था। ऐसी एक रात मैं खुद अपनी हाई ब्लड प्रेशर की समस्या से जूझ रहा था। मैंने एक नींद की गोली ले रखी थी।

तभी आधी नींद में मुझे दूर से मेरा फोन बजने की आवाज सुनाई दी। मैंने फिर भी आलस किया। फोन बजना बंद नहीं हुआ, आखिरकार मैंने हार मान ली। यह मेरे ब्यूरो चीफ की कॉल थी।

'हॉस्पिटल में आपको परेशान करने के लिए सॉरी डियर···आपकी मदर अब कैसी हैं?' उन्होंने पूछा।

गुस्सा तो आया, पर कर भी क्या सकता था, सो फॉरमेलिटी के

लिए मैंने कहा, 'अरे नहीं सर···कुछ जरूरी होगा, तभी आपने कॉल किया। मेरी मदर अभी ठीक नहीं हैं। वैसे सर, बात क्या है··· ?'

'भई···कुछ बड़ा हुआ है···और केवल आप ही इसे चेक कर सकते हैं···' वे तुरंत बोले। 'यह जस्सी मामले के बारे में है। कनाडा से मीडिया में खबरें हैं कि पंजाब पुलिस की एक टीम ने जस्सी की माँ और मामा को भारत लाने के लिए हिरासत में ले लिया है। क्या आप पंजाब पुलिस और सेंट्रल एजेंसियों से इसकी जाँच कर सकते हैं···' वे बोले।

उनके शब्द मेरे लिए सदियों से सूखे रेगिस्तान में मीठी बारिश की फुहार की तरह थे। 'ओह सर···' मैं जोश से भर गया।

'सर···यह तो कमाल की खबर है। आखिर में कहीं कुछ तो पॉजिटिव हुआ···ठीक है सर, मैं अभी पता करता हूँ···' मैंने फोन रख दिया।

महीनों बाद मेरे मन में गजब का जोश आ गया था। मगर बारिश का वादा करने वाले बादलों ने कुछ शोर किया और फिर गायब हो गए। 'एसपी के.डी. कौर के नेतृत्व में पुलिस टीम दोनों को हिरासत में लेने में कामयाब तो रही, लेकिन आखिरी समय में कनाडा सरकार ने उन्हें बचा लिया।'

महीनों बाद मेरे मन में गजब का जोश आ गया था। मगर बारिश का वादा करने वाले बादलों ने कुछ शोर किया और फिर गायब हो गए। 'एसपी के.डी. कौर के नेतृत्व में पुलिस टीम दोनों को हिरासत में लेने में कामयाब तो रही, लेकिन आखिरी समय में कनाडा सरकार ने उन्हें बचा लिया।'

जब मैंने यह बुरी खबर सुनाई, तो मिट्ठू कई पल चुप रहा। फिर उसने कहा, 'मेरी जस्सी के असली हत्यारे भुगतेंगे वीरजी··· ! भगवान् इतने कठोर नहीं हो सकते···।'

13 दिसंबर, 2018 को ब्रिटिश कोलंबिया कोर्ट ऑफ अपील ने मलकीत कौर और सुरजीत सिंह बदेशा के प्रत्यर्पण आदेश के खिलाफ स्टे अपील को खारिज कर दिया। आरोपी ने दावा किया था कि यह प्रक्रिया का दुरुपयोग है। जबकि अदालत ने महसूस किया कि अभियुक्तों को प्रत्यर्पण से बचने के लिए साक्ष्य प्रस्तुत करने का पर्याप्त समय दिया गया था और वे ऐसा नहीं कर सके।

13 दिसंबर, 2018 को ब्रिटिश कोलंबिया कोर्ट ऑफ अपील ने मलकीत कौर और सुरजीत सिंह बदेशा के प्रत्यर्पण आदेश के खिलाफ स्टे अपील को खारिज कर दिया। आरोपी ने दावा किया था कि यह प्रक्रिया का दुरुपयोग है।

'क्या इस बार भी पहले जैसा ही होगा···' मेरे उत्तर देने से पहले मिट्ठू ने मुझसे पूछा और फिर अपने ही प्रश्न का उत्तर भी दे दिया, 'इस बार तो ऐसा नहीं होना चाहिए। मेरी जस्सी के हत्यारों को भुगतना पड़ेगा। भगवान् इतने कठोर नहीं हो सकते···' उसने फिर दोहराया।

□

24 जनवरी, 2019

इसके करीब-करीब सवा महीने बाद पंजाब पुलिस की एक टीम चुपचाप कनाडा गई और मलकीत कौर और सुरजीत बदेशा के साथ लौटी। पहली बार आरोपी आखिरकार पंजाब पुलिस की हिरासत में थे। एक बार के लिए प्रत्यर्पण सुचारु रूप से हुआ। पंजाब पुलिस ने इसे मीडिया की चकाचौंध से दूर रखा। उन्होंने मुझसे प्रत्यर्पण की प्रक्रिया पूरी होने तक इस खबर को नहीं फैलाने का अनुरोध किया। मैंने भी उनकी बात मान ली।

यह मेरा विश्वास है कि जीवन दूर से लंबा दिखाई दे सकता

है, लेकिन इतना होता नहीं। वास्तव में चीजें एक झटके में सामने आती चली जाती हैं। मलकीत और बदेशा को भरोसा था कि जस्सी की हत्या के लिए भारत में उनके खिलाफ कभी मुकदमा चलाया ही नहीं जा सकता था। उन्होंने बचाव में सबकुछ किया। पैसा, खुफिया पुलिस मदद, हर हथकंडा अपनाया। कनाडाई कानून तो पहले ही उनके पक्ष में था। लेकिन जस्सी की हत्या के करीब उन्नीस साल बाद वे आखिरकार संगरूर की जेल में थे। वह जिला, जहाँ जस्सी अपने प्रेमी मिट्ठू के साथ स्कूटर या बाइक पर कई बार लॉन्ग ड्राइव पर गई थी और जहाँ एक शाम वह एक तालाब के किनारे मृत पड़ी मिली थी। इन 19 बरसों में मिट्ठू ने अपनी अंतिम इच्छा के बारे में मुझसे कई बार बात की है। 'मैं जस्सी की माँ से पूछना चाहता हूँ...क्यों...आखिर क्यों... ? ठीक है उसे जस्सी का पति पसंद नहीं था। किस बात ने उसे अपनी ही बेटी को मारने के लिए तैयार किया... ? मगर क्या प्यार करना इतना बड़ा गुनाह था... ? प्यार किसी के लिए इतना असहनीय कैसे हो सकता है... ?'

यह मेरा विश्वास है कि जीवन दूर से लंबा दिखाई दे सकता है, लेकिन इतना होता नहीं। वास्तव में चीजें एक झटके में सामने आती चली जाती हैं। मलकीत और बदेशा को भरोसा था कि जस्सी की हत्या के लिए भारत में उनके खिलाफ कभी मुकदमा चलाया ही नहीं जा सकता था।

□

14

इंतजार

जस्सी के कथित हत्यारों को भारत आए चार महीने हो चुके थे। मुकदमा तुरंत शुरू हुआ। एक पत्रकार होने के नाते मैंने जस्सी की माँ से मिलने की पूरी कोशिश की, ताकि मैं उससे बात कर सकूँ। लेकिन उन्होंने मुझे वहाँ तक जाने नहीं दिया। ये दोनों न्यायिक हिरासत में थे। यहाँ तक कि उन्हें ढके चेहरों के साथ कोर्ट में पेश किया गया। एक बार फोटोग्राफर्स ने उनकी फोटो क्लिक करने की कोशिश की, लेकिन पुलिस ने उन्हें रोक दिया। इसके बाद से कोर्ट की हर सुनवाई के दौरान पुलिस की भारी सुरक्षा व्यवस्था कर दी गई।

'पुलिस ने कहा है कि मुझे भी पहले से ज्यादा सावधान रहना चाहिए।' मुझे मिट्ठू ने बताया।

उन्होंने कहा कि मुझ पर अदालत में या रास्ते में कहीं भी हमला हो सकता है। एक ग्रामीण ने समझौता करने की एक नई पेशकश के साथ मुझसे संपर्क किया है। उन्होंने कहा है कि पैसे और जमीन के अलावा बदेशा कनाडा या किसी अन्य देश में न केवल मेरे लिए बल्कि मेरे भाई के लिए भी एक खुशहाल जिंदगी का इंतजाम कर सकता है। 'कनाडा' शब्द सुनते ही मुझे हँसी आ गई।

उसने कहा था, 'मुझे बस इतना कहना है कि मैं जस्सी की माँ और बदेशा की भागीदारी के बारे में कुछ नहीं जानता था।' मैं अपनी हँसी नहीं रोक सका··· 'और अगर मैं मना कर दूँ तो वे क्या करेंगे··· ज्यादा-से-

ज्यादा मेरे शरीर के टुकड़े ही कर देंगे ना··· !'

लेकिन ये लकड़बग्घे अकेले हमला नहीं करते, बल्कि समूहों में करते हैं। निश्चित रूप से जब सभी दाँव विफल हो गए, तो पंजाब पुलिस की छड़ी कामयाब हो गई। एक शाम मैं अपनी बाइक की सवारी कर रहा था। मेरे पीछे मेरा दोस्त हरदीप बैठा था। मैंने भुक्की खाई थी और कुछ मेरी जेब में भी थी। हरदीप के पास पेन किलर दवाओं के दो या तीन पत्ते थे। पुलिस की एक टीम ने हमें पुल के पास रोका और जबरदस्ती हमें एक कार में बिठाकर हमें पीटते हुए थाने तक ले गए। मेरे लिए यह सब नया नहीं हैं।

इस तरह मेरे खिलाफ सातवाँ आपराधिक मामला शुरू हुआ। इस बार उन्होंने मुझे चिट्टे और दूसरे नशीले पदार्थों की तस्करी के लिए बुक किया। मुझे यकीन है कि आप चिट्टे से तो वाकिफ ही होंगे! भारत में तो अब हर कोई इसके बारे में जानता है। इसे पंजाबी फिल्मों के जाने-माने कलाकार दिलजीत दोसांझ ने फिल्म 'उड़ता पंजाब' में खासा मशहूर किया है। यह एक सिंथेटिक सफेद पाउडर है। मोटे तौर पर मिलावटी हेरोइन मिश्रित नशीले पदार्थ जैसा।

इस तरह मेरे खिलाफ सातवाँ आपराधिक मामला शुरू हुआ। इस बार उन्होंने मुझे चिट्टे और दूसरे नशीले पदार्थों की तस्करी के लिए बुक किया। मुझे यकीन है कि आप चिट्टे से तो वाकिफ ही होंगे! भारत में तो अब हर कोई इसके बारे में जानता है।

यह फिल्म मेरे पंजाब पर आधारित है, जो देश में मादक पदार्थों की तस्करी के मामलों में टॉप पर है। वर्ष 2018 में कुछ महीनों के भीतर ओवरडोज से सौ से ज्यादा युवाओं की मौत हो गई थी। इसके बाद हरकत में आई पंजाब सरकार ने पाँच बरसों में एक लाख से अधिक लोगों को नशीले पदार्थों की तस्करी या पेडलिंग के लिए बुक

और गिरफ्तार किया। रोजाना औसतन 35 से 37 लोगों को नार्को ट्रैफिकिंग के आरोप में गिरफ्तार किया गया। मई 2021 में उन लोगों में मैं भी एक था।

और जैसा कि पहले सभी छह मामलों में हुआ, मैं लुधियाना सेंट्रल जेल में वापस आ गया। जहाँ मुझे सबसे पहले तब जेल में रखा गया था, जब जस्सी के माता-पिता ने मुझ पर उसका अपहरण करने और उसे मुझसे शादी करने के लिए मजबूर करने का आरोप लगाया था।

जेल की बैरक के अंदर से पूर्णिमा उतनी खूबसूरत नहीं दिखती। मगर चाँद को देखकर मुझे हमेशा की तरह कुछ शांति मिलती है। एक आजाद आदमी और एक कैदी के लिए इसके अलग-अलग मायने होते हैं।

जेल की बैरक के अंदर से पूर्णिमा उतनी खूबसूरत नहीं दिखती। मगर चाँद को देखकर मुझे हमेशा की तरह कुछ शांति मिलती है। एक आजाद आदमी और एक कैदी के लिए इसके अलग-अलग मायने होते हैं। पसीने की बदबू, चारों तरफ चिपचिपी धूल में कोई यहाँ ठीक से साँस भी नहीं ले सकता। मेरे अंग-अंग आज भी पुलिस की पिटाई से दर्द करते हैं। उन्होंने मुझे आइसोलेशन बैरक में रखा है। मैं अपनी जेल की कोठरी से चाँद को देख रहा हूँ। जल्द ही यह खिड़की से आगे निकल जाएगा। मैं इसे अब और नहीं देख पाऊँगा। मैं बर्फ की पतली सी परत पर खड़ा हूँ जस्सी···!

□

29 अक्तूबर, 2021

'क्या तुम मुझे सुन रही हो मेरी प्रिय··· ? आज मैंने कोर्ट में अपना दिल खोल दिया। मैं रोया···चीखा। मैं उन्हें अपने शब्दों से ही तो मार सकता था। यही मैंने किया भी।

आखिरकार, आज तुम्हारी माँ को मेरे सामने कोर्ट में लाया गया। आज मेरे बयान दर्ज किए जाने थे। तुम्हारी माँ को भारत लाए जाने के दो साल, नौ महीने बाद और 21 साल और चार महीने पहले तुम्हें उन कसाइयों के हवाले करने के बाद वह आज मेरे सामने थी। ठीक मेरे सामने! यकीन मानना, मैं चाहकर भी उसे कुछ नहीं कह सका। कुछ कर नहीं सका। उस पत्थर को देखकर मेरी आँखें भी पथरा-सी गई थीं।

मगर मैं जज के सामने खामोश नहीं रह सका। तुम भी तो उस पल मेरे साथ ही थीं। तुम्हारी हिम्मत मेरे साथ थी। तुम्हारी आत्मा मेरे साथ थी।

मैंने अदालत को अपनी पूरी कहानी सुनाई। मैं एक पल भी नहीं रुका। भला मैं और जस्सी अपनी पीड़ा का एक-एक पल कैसे भूल सकते हैं? हमने इसी पल का तो बेसब्री से इंतजार किया है और तब तक प्रतीक्षा करेंगे, जब तक उसे सजा नहीं हो जाती।

मैंने अदालत को अपनी पूरी कहानी सुनाई। मैं एक पल भी नहीं रुका। भला मैं और जस्सी अपनी पीड़ा का एक-एक पल कैसे भूल सकते हैं? हमने इसी पल का तो बेसब्री से इंतजार किया है और तब तक प्रतीक्षा करेंगे, जब तक उसे सजा नहीं हो जाती।

क्या वे उसे फाँसी देंगे··· ? मगर फाँसी तो शायद उस डायन के लिए इनाम ही होगी! एक झटके में इस दुनिया से रुखसत! उसने हमें एक उदाहरण बनाने की कोशिश की थी। मगर क्या उस जहरीली नागिन के मामले में देश से किसी मिसाल की आस लगाई जा सकती है··· ?'

□

फरवरी 2022

'जस्सी···तुम्हारी माँ को जमानत मिल गई है। तुम उसे माँ बुलाती थी··हैं ना···मुझे याद है। माँ यह भी है और माँ वो भी थी! उसको

कोविड ने बचा लिया। जेलों में कैदियों और हवालातियों की तादाद कम करने की सरकार की कवायद और उसका असर-रसूख उसे फिर बाहर ले गया।

मेरे अंदर इसके खिलाफ जबरदस्त आक्रोश है। जितना हो सके, मैं खुद को शांत रखने की कोशिश करता हूँ। मैंने अब तक इसी तरह अपने दिन बिताए हैं। और इससे भी बुरी एक बात और तुमसे साझा करने के लिए है···मेरा भाई राणा···। वह भी मेरे साथ जेल में ही है। अक्तूबर 2010 में राणा और मुझ पर जिला शिक्षा दफ्तर के एक क्लर्क को लूटने का झूठा मामला दर्ज किया गया था।

मुझे गिरफ्तार कर लिया गया और मुझे मुकदमे का सामना करना पड़ा। लेकिन राणा को गिरफ्तार नहीं किया गया। उन्होंने उसे भगोड़ा अपराधी घोषित कर दिया। मामला झूठा था, इसलिए मुझे बरी कर दिया गया, लेकिन राणा भगोड़ा अपराधी बना रहा। 'घोषित भगोड़ा' कैसा मजेदार मुहावरा है···नहीं··· ?

जस्सी, भाग्य का क्रूर मजाक है ये। राणा को कुछ दिन पहले गिरफ्तार किया गया है। मैं और मेरा भाई दोनों अब जेल में हैं। असली खलनायक, असली अपराधी अय्याशी कर रहे हैं और बेगुनाह, भुक्तभोगी जेल में हैं!

मेरी माँ अब भी अदालतों, थानों, राजनेताओं और जेलों के चक्कर लगाती हैं। फिर भी उन्हें न्याय का इंतजार है। इंतजार मुझे भी है। इंतजार हम सब को है।

अभी तुम भी रुको···जस्सी···! हम जल्द मिलेंगे। मैं तुम्हारे पास आऊँगा, लेकिन न्याय हासिल करने के बाद।'

□□□